KB132828

한 번은 읽어야 할
우리 고전 명수필

한 번은 읽어야 할 우리 고전 명수필

1판 1쇄 인쇄 2017년 11월 1일
1판 1쇄 발행 2017년 11월 10일

지은이 김영석

발행처 문학의숲
발행인 이은주

신고번호 제300-2005-176호
신고일자 2005년 10월 14일

주소 (121-896) 서울특별시 마포구 양화로7길 84
전화 02-325-5676
팩스 02-333-5980

값은 표지에 있습니다.
ISBN 979-11-87904-06-9 03810

한 번은 읽어야 할
우리 고전 명수필

김영석 편역

문학의숲

편역자의 말

수필은 글자의 뜻과 같이 붓 가는 대로 쓰는 글로서 흔히 무형식의 문학이라고 말한다. 그만큼 시나 소설과 달리 고도의 형식적 제약 없이 자유스럽게 쓸 수 있는 형식이 바로 수필이라는 말이다. 형식이 자유스러운 만큼 그 그릇에 담지 못할 내용은 아무것도 없다. 심오한 사상으로부터 하잘것없는 이야기에 이르기까지 모두 수필의 재료가 된다.

수필의 이러한 특성 때문에 많은 사람들이 수필을 즐겨 읽을 뿐만 아니라, 또한 누구나 스스로 쉽게 글을 쓰기도 한다. 그러다 보니 오늘날은 일견 그 어느 때보다도 수필의 시대라 불러도 과언이 아닐 듯하다. 그러나 누구나 어떤 내용이라도 자유롭고 쉽게 쓸 수 있다고 해서 좋은 글이 되는 것은 아니다.

이때 우리가 되돌아보아야 할 것은 바로 고전의 가치인 것이다. 고전이란 옛날에 쓴 글이라는 뜻을 넘어서, 시대를 뛰어넘어 전해지는 모범적인 글이라는 뜻이기 때문이다. 그런데 일반적으로 고전이라고 하면 으레 고리타분하고, 어쩐지 오늘날의 삶과는 동떨어진 것이라고 생각하기 쉽다. 게다가 우리의 고전은 한문으로 되어 있는 것이 대부분이기 때문에 더욱 그렇다. 그러나 이것은 우리가 미처 읽어 볼 수 있는 기회가 충분하지 못했기 때문에 생겨난 하나의 편견이요 고정관념에 불과하다.

이 책을 읽어 보면 바로 그러한 생각이 한갓 편견과 고정관념에 불과했다는 것을 깨달을 수 있을 것이다. 우리의 고전 수필은 그 내용이 참으로 다양하다. 심오한 사상과 철학적 사유, 사실에 대한 평가와 풍자, 민속적 상상력이 빚은 전설과 이야기, 옛사람들의 멋과 흥, 시의 감상과 이야기, 소박하면서도 곱씹어 볼 만한 익살과 해학 등등 참으로 재미있게 읽을거리가 많다. 그리고 무엇보다 글이 너무 길지도 않고 짧지도 않아서 한 편씩 어디서나 부담 없이 읽을 수 있어서 좋다.

이 수필집은 고려시대부터 조선시대에 이르기까지 문학사에 뚜렷한 족적을 남긴 대표적인 문장가들을 선별하여, 그들의 수필 중에서 오늘날 재미있게 읽힐 만한 작품들만 고르고 골라 엮었다. 편역자로서는 최선을 다해 작품을 선별하고 번역했다고 생각한다. 이 작업을 하는 과정에서 기존의 잘못된 번역과 해석들을 적지 않게 발견하여 그것들을 모두 바로잡을 수 있었던 것은 가외의 큰 보람이었다.

그리고 모든 글의 제목은 편역자가 붙인 것이며, 원제가 있는 경우는 각 편의 글 맨 끝에 참고 삼아 달아 두었다. 필요한 경우는 역주를 빠짐없이 달았고, 앞에서 한 번 나온 경우는 뒤에서 그것을 생략했다.

이 수필집이 독자들에게 우리 고전 수필에 대한 맛보기 역할이라도 충분히 해 줄 수 있기를 바라마지 않는다.

2017년 10월
변산 세설헌洗雪軒에서
하인何人 김영석

차례

이 규 보

이 인 로

최 자

이 제 현

권 근

성 현

김 만 중

박 지 원

출전   이규보   『동국이상국집』

          이인로   『파한집』

          최   자   『보한집』

          이제현   『역옹패설』

          권   근   『양촌집』

          성   현   『용재총화』

          김만중   『서포만필』

          박지원   『열하일기』

이
규
보

東國李相國全集卷第一

古律賦六首　　古律詩□□首

畏賦

有獨觀慶士杜門端居常

影而畏舉手動足無一不畏

其所以處士曰堪輿之內而

翼蝂之趨蝙蝠蠢蠢魚厥種

非類烏畏鷹鳴於天

鹿脅子猛蛇慄于豕猛莫猰

奔避何茲類之孔多方羌難觀綵而滿記物固

形而畏顧

生造焉問

長黨角揷牙

長壽命各聾

長貙狼畏兒

豹遇狻猊而

이규보李奎報(1168~1241) 고려의 문인. 호는 백운거사白雲居士. 23세에 진사에 급제하여 상서尙書에까지 이르렀다. 당시 계관 시인과 같은 존재로서 문학적 영예와 관료로서의 명예를 함께 누렸다. 그의 문학은 자유 분방하며 웅장한 것이 특징이다. 우리의 민족적 우월성을 드러내고자 한 장편 영웅 서사시 「동명왕편東明王篇」은 특히 유명하다.

출전: 『동국이상국집東國李相國集』

먼지 낀 거울

　어떤 거사에게 거울이 하나 있었는데 세상의 온갖 먼지와 때가 끼어 마치 구름에 가린 달빛처럼 흐릿하였다. 그런데도 거사는 아침저녁으로 그 거울을 들여다보며 얼굴을 단장하는 것 같았다.

　어떤 손님이 거사에게 물었다.

　"거울이란 얼굴과 몸가짐을 비추어 보는 것이요, 혹은 거울의 맑음을 보고 군자가 제 마음을 닦고자 하는 것인데, 지금 그대의 거울은 마치 안개가 낀 것처럼 흐릿하기만 하네. 그러니 이미 얼굴을 비출 수가 없고 그 맑음을 볼 수도 없네. 그런데 그대는 오히려 얼굴을 비추어 보고 있으니 대체 무슨 까닭인가?"

거사가 대답했다.

"거울이 맑으면 잘생긴 사람은 기뻐하지만 못생긴 사람은 싫어하네. 그리고 잘생긴 사람은 그 숫자가 적고 못생긴 사람은 그 숫자가 많네. 만일 못생긴 사람이 맑은 거울을 들여다보게 된다면 반드시 그 거울을 깨뜨리고 말 것이네.

그렇게 되면 먼지가 끼어서 흐릿한 것만 같지 못하네. 먼지가 흐릿하게 한 것은 거울의 겉일 뿐이지 그것의 맑음 자체를 해친 것이 아니네. 그러니 거울은 잘생긴 사람을 만나고 난 뒤에 닦여도 늦지 않을 것이네.

아, 옛날 거울을 대한 사람은 그 맑은 것을 보기 위한 것이었지만, 안타깝게도 내가 거울을 대하는 것은 아직도 그 흐릿한 것을 볼 수밖에 없는 것이라네. 그대는 이 무엇이 괴이하다고 여기는 것인가?"

손님은 더 이상 아무 말을 하지 못했다.

— 鏡說경설

생명은 한 가지다

어떤 손님이 나에게 말했다.

"어제 저녁에 어떤 불량한 사람이 큰 몽둥이로 돌아다니는 개를 때려죽이는 광경을 보았는데, 그 모양이 너무나 비참하여 아픈 마음을 견딜 수가 없었네. 그래서 이제부터는 맹세하거니와 개나 돼지의 고기를 먹지 않을 것이네."

이에 내가 대답했다.

"어제 어떤 사람이 이글이글한 숯불 화로를 끼고서 이를 잡아 태워 죽이는 것을 보고 아픈 마음을 참으로 견딜 수가 없었네. 그래서 나는 지금부터 다시는 이를 잡지 않으려고 하네."

손님은 아주 실망한 낯빛을 짓더니 말하였다.

"이는 미물이 아닌가? 내가 큰 것이 죽는 걸 보고 비참한 생각이 들기에 말한 것인데, 그대가 이와 같이 대응하니 나를 놀리는 것이 아닌가?"

나는 또 다음과 같이 말해 주었다.

"무릇 혈기가 있는 것은 사람을 비롯해 소, 말, 돼지, 양, 곤충, 개미에 이르기까지이고, 살기를 원하고 죽기를 싫어하는 것은 다 똑같은 것이네. 어찌 큰 것만 죽음을 싫어하고 작은 것은 그렇지 않겠는가? 그러니 개와 이의 죽음은 똑같네. 그래서 그것을 예로 들어 적절히 대답한 것이지 어찌 그대를 놀리기 위한 말이겠는가? 그대가 내 말을 믿지 못하겠거든 그대의 열 손가락을 깨물어 보게나. 엄지손가락만 아프고 그 나머지는 아프지 않겠는가? 한 몸에 있는 것은 크거나 작거나, 모든 마디마디를 막론하고 피와 살로 만들어져 있기 때문에 그 아픔이 똑같은 것이네. 더구나 각기 태어난 대로 모양은 다르지만 같은 생명을 받은 것인데, 어찌 저것은 죽음을 싫어하고 이것은 죽음을 좋아할 리 있겠는가? 그대는 물러가서 눈을 감고 조용히 생각해 보게나. 그리하여 달팽이 뿔을 쇠뿔과 같이 보고, 메추리를 큰 붕새와 동일하게 보게나. 그런 뒤에야 내가 그대와 더불어 도道를 말할 수 있을 것이네."

— 蝨犬說슬견설

이상한 관상쟁이

어디서 왔는지 알 수 없는 관상쟁이가 있었다. 그런데 그는 관상 책을 읽어 본 일도 없고 관상 보는 일반적인 법식도 따르지 않으면서 이상한 상술相術로 관상을 보았다. 그래서 사람들은 그를 이상한 관상쟁이라고 불렀다.

점잖은 사람이나 높은 벼슬아치나 할 것 없이 남녀노소 모두가 앞다투어 초빙도 하고 찾아도 가서 관상을 보았다. 그런데 그 관상쟁이는 부귀하여 몸이 비대하고 기름기가 흐르는 사람을 보고서는, "당신은 생김새가 아주 수척하니 참으로 천한 족속이오." 빈천하여 몸이 파리한 사람을 보고서는, "당신은 용모가 비대하니 당신처럼 귀한 족속은 드물 것이오."라고 말했다.

장님을 보고서는, "눈이 참 밝겠소."

달음질 잘하는 사람을 보고서는, "절름발이여서 걷지 못하는 상이오."

또 자색이 아름다운 여인을 보고서는, "아름답기도 하고 추하기도 한 상이오."

세상에서 관대하고 인자하다고 소문이 난 사람을 보고서는, "많은 사람을 상심하게 할 상이오."

이와는 반대로 또 세상에서 아주 잔혹한 사람이라고 소문이 난 사람을 보고서는, "수많은 사람의 마음을 기쁘게 할 상이오."

이렇게 말하는 것이었다.

그의 관상이란 것이 거의 이런 식이었다. 의복倚伏(화와 복이 서로에게서 기인한다는 노자의 말)의 이치를 제대로 말할 줄도 모르면서 다만 상대방의 동정과 정상을 모두 반대로 보는 것일 뿐이었다. 그러자 사람들은 그를 사기꾼이라고 떠들어대며 급기야는 잡아다가 심문하려고 하였다.

그러나 나는 홀로 그것을 말리면서 이렇게 말했다.

"무릇 말이란 앞에서는 불통하는 듯하지만 뒤에서는 순탄하게 되는 말도 있고, 겉으로 듣기에는 평범하지만 그 속은 깊은 뜻을 내포하는 말도 있기 마련이다. 저 사람도 역시 눈이 있는데 어찌 비대한 사람과 수척한 사람과 눈먼 사람을 몰라보고, 비대한 사람을 수척하다 하고 수척한 사람을 비대하다 하며, 눈먼 사람을 눈 밝은 사람이라고만 하겠는가? 이것은 필시 관상술의 기이한 곡절이 있을 것이다.”

나는 목욕하고 의복을 단정하게 하고서 그 관상쟁이가 살고 있는 집으로 갔다. 그는 좌우에 있던 사람들을 모두 물리치고서 나를 맞이하더니 진중한 목소리로 입을 열었다.

“나는 이런 사람 저런 사람 여러 사람들의 관상을 보았습니다.”

“그 여러 사람들이란 어떤 사람들입니까?”

그는 이렇게 대답했다.

“사람이 부귀하면 교만하고 남을 능멸하는 마음이 자라게 됩니다. 그리하여 죄가 커질 대로 커지면 하늘은 반드시 그를 징벌할 것입니다. 그러니 장차 알곡은커녕 쭉정이조차 넉넉하지 못할 때가 닥칠 것이므로 ‘수척하다’ 한 것이요, 또 앞으로 영락하여 비천한 필부가 될 것이므로 ‘당신은 천한 족속이오.’ 라고 한 것입니다. 또 사람이 비천하면, 뜻을 굽히고 자신을 낮추어 근심하고 두려워하며 마음을 닦고 자신을 살피게 되는 법입니다. 막힌 운수가 다하면 열린 운수가 반드시 돌아오는 법이라, 이미 호의호식할 징조가 보이므로 ‘비대하다.’고 말한 것이요, 앞으로 만석의 봉록을 누릴 귀인의 조짐이 있으므로 ‘당신은 귀한 족속이오.'라고 했던 것입니다.

　요염한 여자가 있으면 쳐다보고 싶고 진기한 보배를 보면 가지려고 합니다. 이렇게 사람을 미혹하고 왜곡하게 하는 것은 다름 아닌 사람의 눈입니다. 이로 말미암아 헤아릴 수 없는 욕을 당하게 되니 이것은 분명 밝지 못한 자가 아니겠습니까? 오직 장님이라야 마음이 깨끗하여 욕심 없이 몸을 보전하고 욕됨을 멀리할 수 있습니다. 그러니 어진 사람이나 깨달은 사람보다 훨씬 나은 것입니다. 그래서 장님을 보고 '눈이 밝다.'고 한 것입니다.

　날래면 용맹을 숭상하고 용맹스러우면 뭇 사람을 능멸하며, 마침내는 자객이 되기도 하고 간사한 무리의 우두머리가 되기도 합니다. 법관이 이 사람을 가두고 옥졸이 지키며 차꼬가 발에 채워지고 형틀이 목에 걸리면, 아무리 달음질하고자 한들 달음질할 수 있겠습니까? 그래서 '절름발이여서 걷지 못하는 상이오.'라고 한 것입니다.

　무릇 색이란 음란한 자가 보면 구슬처럼 아름답고, 정직한 자가 보면 진흙처럼 추하므로 '아름답기도 하고 추하기도 하다.'고 한 것입니다. 그리고 인자한 사람이 죽을 때는 사람들이 애도하여 마치 어린애가 어머니를 잃은 것처럼 눈물을 흘리게 됩니다. 그래서 '많은 사람을 상심하게 할 것이다.'고 한 것입니다. 또 잔혹한 자가 죽으면 길에서도 마을에서도 기뻐서 노래를 부르며, 양고기와 술로 서로 하례하고, 입이 째지게 웃는 사람도 있고 손뼉 치는 사람도 있습니다. 그래서 '많은 사람들을 기쁘게 할 것이다.'고 한 것입니다."

나는 그만 놀라 일어서며 속으로 외쳤다.

"과연 내 생각이 맞구나. 이것이 실로 관상의 오묘한 이치로구나. 그의 말은 마음 깊이 새겨 둘 만한 관상의 규준이라 할 수 있으리라. 어찌 그가 형색에 따라 귀한 상을 보고는 귀문서각龜文犀角(거북 등과 물소 뿔. 비싼 물건이니 귀한 상을 뜻함)이라 하고, 악한 상을 보고는 봉목시성蜂目豺聲(벌의 눈과 승냥이 소리. 나쁜 사람을 듣기 좋게 이르는 말)이라 하며, 나쁜 것은 숨기고 좋은 것은 과장하면서 스스로 잘난 체하고 신령스럽다고 믿는 그런 자이겠는가?"

물러나와서 이제 그가 말한 것을 적어 둔다.

— 異相者對이상자대

쥐를 저주하며

— 우리 집에는 평소 고양이를 기르지 않아서 쥐
떼들이 마구 날뛴다. 그래서 그게 미워 저주한다.

생각해 보면 사람의 집에서는 아버지와 어머니가 어른의 역
할을 하고 나머지는 가까이서 이를 돕는데, 모두 각각 맡은 바
가 있게 마련이다.

음식 만드는 일을 맡은 자는 계집종이고, 마소 치는 일을 맡
은 자는 사내종이며, 아래로는 말, 소, 양, 돼지, 개, 닭 등 육축
에 이르기까지 그 직책에 각기 구분이 있다.

말은 힘든 일을 대신하여 사람이나 짐을 싣고 달리며, 소는
무거운 짐을 끌거나 밭을 갈며, 닭은 울어서 새벽을 알리며, 개
는 짖어서 문을 지키는 등 모두 맡은 바 직책으로 주인을 돕고
있는 것이다.

이제 뭇 쥐들에게 묻는다.

너희는 맡은 일이 무엇이고, 누가 길렀으며, 어디서 생겨나서 번성하고 있는가? 구멍을 뚫어 도둑질하는 것은 오직 너희들만 하는 짓이다. 대개 도둑은 밖에서 들어오는데 너희는 어찌 안에 살면서 도리어 주인에게 해를 끼치는가? 구멍을 많이 만들어 이리저리 들락날락거리며, 어둠을 틈타 몰려다니면서 밤새 시끄럽게 굴며, 잠이 들면 더욱 제멋대로 놀고 대낮에도 버젓이 다니며, 방에서 부엌으로 마루에서 방으로 드나들며, 부처님께 공양한 음식과 신령을 섬기는 물품을 너희가 먼저 맛보니, 이는 신령을 능멸하고 부처를 무시하는 것이다.

단단한 것도 구멍 뚫어 상자나 궤 속에 잘 들어가며, 굴뚝을 뚫어 난데없는 곳에서 연기가 나게 하면서 음식을 몰래 먹으니 이것은 도둑의 짓이다. 너희도 배를 채우기 위해 그럴 터인데 어찌하여 옷을 쏠아 입을 수 없게 만들며, 실을 난도질하듯 쏠아서 명주 베를 짜지 못하게 하는가?

너희를 막는 것은 고양이인데, 내가 고양이를 기르지 않는 것은 성품이 본래 인자하여 차마 악독한 짓을 하기 싫기 때문이다. 만약 이러한 나의 덕성을 알아주지 않고 계속 날뛰며 못된 짓을 하게 된다면 너희를 마땅히 응징하여 후회하게 할 것이다. 그러니 빨리 나의 집에서 나가라. 그렇지 않으면 사나운 고양이를 풀어 하루 만에 너희 족속을 다 죽여 고양이의 입술에 너희 기름을 칠하게 하고, 고양이의 뱃속에 너희들의 살덩이를 장사지내게 할 것이다.

그때가 되면 비록 살아나려고 해도 생명을 이을 수 없을 것이니 빨리 가거라. 어서 빨리 가거라. 화급한 율령을 따르듯이 그렇게 가거라.

— 呪鼠文주서문

게으름을 풍자함

거사는 어느 날 찾아온 친구에게 자기의 게으른 병에 대해 설명하였다.

"세상은 빨리 변해 가는데도 내 게으름만은 변함이 없고, 몸은 쇠약해 가는데도 오히려 이 게으름은 예전과 같이 그대로이네. 집이 있어도 게을러서 풀을 매지 않으니 잡초가 무성하고, 일천 권의 책이 있지만 게을러서 좀이 쏠아도 손을 대지 못하고, 머리가 헝클어져도 게을러서 빗지 아니하고, 몸에 병이 생겨도 게을러서 치료하지 아니하며, 남들과 노는 일도 게으르며, 남들과 오가는 일도 게으르며, 입이 있어도 말하기를 게을리하고, 발이 있어도 걷는 것을 게을리하고, 눈은 보는 것을 게을리하며, 땅을 밟거나 일을 당하거나 무슨 일이든 게으르지 않은 것이 없네. 도대체 이런 병을 무슨 방법으로 고칠 수 있겠는가?"

친구는 다 듣고 나서 아무 대답도 없이 물러가 버렸다. 그리고 열흘이 지난 뒤에 게으른 병 고치는 비방을 가지고 다시 나타났다.

"요즘 오래 보지 못했더니 그립기도 하고 한번 보고 싶어 왔네."

거사는 게으른 병 때문에 친구를 만나는 것도 영 귀찮았으나 친구가 굳이 청하니 어쩔 수 없이 상면하게 되었다.

친구가 말했다.

"내가 오랫동안 자네의 부드러운 웃음을 보지 못했고 또 심오한 이야기를 듣지 못했네. 지금 마침 늦은 봄이라, 새는 동산에서 지저귀고 날씨는 화창하며 온갖 꽃들이 만발하였네. 내집에는 밥알이 동동 뜨는 좋은 술이 있어 그 향내가 방 안에가득하고 술기운은 술독에 넘치는데 그대가 아니면 누구와 이좋은 술을 마시겠는가? 또 집에는 시중드는 어여쁜 계집아이가있는데, 소리를 잘하고 생황도 잘 불며 비파도 잘 탄다네. 그러니 그 좋은 노래와 술을 어찌 나 혼자서만 누릴 수 있겠는가? 그런데 그대가 게을러서 이걸 또 꺼려할까 염려되네. 잠깐 다녀올 생각이 없는가?"

거사는 그 말을 듣고 매우 기뻐서 옷을 떨쳐입고 일어나며 말했다.

"그대가 나를 노쇠했다고 괄시하지 않고, 맛 좋은 술과 어여쁜 자색으로 울적한 내 심정을 위로하려고 하는데 어찌 굳이 사양하겠는가?"

거사는 급히 허리띠를 매며 행여 늦을세라 서두르고, 허겁지겁 신을 신으며 재촉하면서 급히 나서려고 했다. 그러자 이번에는 그 친구가 갑자기 게으른 태도를 보이며 느릿느릿 말했다.

"그대가 이미 나의 청을 승낙하고 서두르는 것을 보니 이제는 예전의 형편으로 되돌릴 수 없을 듯하네. 그러면 그대의 병은 지금 어떻게 된 것인가? 그대가 전에는 말이 게으르더니 지금은 말이 급하고, 전에는 돌아보는 것이 게으르더니 지금은 돌아보는 것이 조심스러우며, 전에는 걸음이 게으르더니 지금은 걸음이 빠르니, 이제 자네의 게으른 병은 아마도 오늘로 다 나은 것 같네.

그런데 색이란 성품을 여지없이 해치는 도끼와 같은 것이요, 술은 창자를 해롭게 하는 독약 같은 것인데, 자네가 여기에만 게으름을 부리지 않고 급히 가려는 모습은 마치 누가 시키지 않아도 저잣거리에 나가는 사람 같네. 아마 그대가 이대로 가다가는 성품을 해치고 몸을 망치는 지경에 이르고 말 것이네. 그래서 나는 그대가 이렇게 되는 광경이 보기 싫어서 갑자기 그

대와 함께 말하는 일도 게을러지고 그대와 함께 앉아 있는 일
도 게을러지네. 혹시 그대의 게으른 병이 나에게 옮은 것이 아
닐까?"

거사는 비로소 부끄러워 얼굴을 붉히고 이마에 땀까지 보이
며 이렇게 사과했다.

"훌륭하도다. 그대가 나의 게으름을 풍자함이여. 내가 종전에
게으른 병이 있다고 말하였는데, 지금 그대의 말을 들으니 그림
자가 형체를 따르는 것보다 더 빨리 게으름이 나도 모르는 사
이에 몸에서 종적을 감추어 버렸네. 기욕嗜慾(즐기고 좋아하는 것
을 욕심냄)이 사람의 마음을 빨리 움직이게 하고 귀를 솔깃하게
하는 매력이 있음을 이제 알았네. 기욕만을 좇고 게으르기만
하다면 끝내 사람의 몸과 마음을 크게 해칠 것이니 진실로 삼
가지 않을 수 없네. 내 이제 이 마음에서 게으름을 버리고 인의
仁義에 힘쓰려 하는데 그대는 어떻게 생각하는가? 나를 비웃지
말고 조금 기다려 주게."

― 慵諷용풍

개에게 명하는 말

너는 털에 무늬가 있으니 반호駁瓠(상고 시절 고신씨가 기르던 개 이름. 털이 오색이어서 반호라 함)의 자손이냐? 민첩하고도 총명하니 오룡烏龍(세속에서 개라는 말을 꺼려 용이라 부름)의 후예냐? 발굽은 방울 같고 주둥이는 칠흑 같고 다리 마디는 길고 힘줄은 팽팽하구나.

주인을 따르는 정성이 지극하여 사랑스럽고, 문을 지키는 책임이 한결같아 대견스럽다. 나는 이런 까닭에 너의 용맹함을 가상히 여기고 너의 그 한결같은 뜻을 기특하게 여겨 집에 두고 좋아하며 기른다. 너는 비록 천한 짐승이지만 북두성의 정기를 받았으니 그 영특하고 지혜로움은 어느 동물이 너와 같겠느냐? 이제 주인이 명령할 터이니 너는 귀를 곧추세우고 잘 들어라.

때를 가리지 않고 늘 짖으면 사람들이 결국 두려워하지 않게 되고, 또 사람을 가리지 않고 물면 반드시 화를 입게 될 것이다.

세 줄 골이 패인 진현관(문관이나 유생이 쓰는 관)을 높이 쓰고 두 칸의 빛나는 수레에 의젓이 앉은 채, 뇌구검(화려하게 장식한 칼)을 차고 수창옥을 달고서, 많은 하인들의 인도를 받으며 패옥소리도 쟁그랑거리면서 동네로 들어오는 사람이 있거든 너는 짖지 말라.

조칙이나 법령은 조금도 지체할 수 없는 것이다. 그러니 임금이 너의 주인을 생각하여 궁궐에 들이고자 명령을 내리고 그 명령을 급히 가지고 온 벼슬아치가 있거든 아무리 밤중이라도 너는 짖지 말라.

생강과 계피를 섞어 말린 고기, 소금에 절인 생선, 뜸 잘 들인 밥, 좋은 술 등을 지니고 스승께 속수束脩(스승을 처음 찾아볼 때 예물로서 올리는 열 마리 묶음의 건포)의 의식을 행하고자 오는 사람이 있거든 너는 짖지 말라.

도포를 입고 책을 끼고서 너의 주인과 담론을 하고자 여러 사람들이 모여 오거든 너는 짖지 말라.

짖거나 물어도 좋은 것은 어떤 것인지 역시 내 말을 잘 들어라.

빈틈을 엿보고 부주의한 틈을 타서 담을 뚫고 집 안을 들여다보며 재물을 훔치려 하는 사람이 있거든 너는 지체 말고 속히 짖고 속히 물어라.

겉은 기름처럼 부드러우나 속은 시기심으로 가득 차서 남의 잘잘못을 염탐하면서 그 악랄함을 숨기고 있는 사람이, 선웃음 지으며 오거든 너는 즉시 짖어야 한다.

이리저리 두리번거리며 요술을 부리고 괴상한 짓을 하여 사람을 유혹하고 현혹시키는, 늙은 박수나 음탕한 무당이 문을 열고 들어오거든 너는 곧 물어야 한다.

간교한 귀신이나 요사스러운 도깨비가 틈을 타서 엿보거나 어둠을 타서 슬그머니 들어오려고 하거든 너는 짖고 이를 쫓아야 한다.

큰 살쾡이나 쥐가 담을 뚫고 들어와 곁에 숨어서 엿보거든 너는 물어 죽여야 한다.

그릇에 고기가 있어도 너는 훔치지 말아야 하고 솥에 국이 있어도 핥지 말아야 한다. 또 방에 오르지도 말고 땅을 파지도 말고 문에서 떠나지도 말고 잠자는 일도 즐겨서는 안 된다.

새끼를 낳거든 민첩하고 영특하며 표범의 가슴과 용의 꼬리를 가진 놈을 낳아 주인의 손자 대에까지 이르도록 하라.

아, 네가 만약 나의 명령을 잘 듣고 그대로 따라 준다면, 많은 세월이 지나서 이 주인이 신선이 되었을 때 너에게 영약을 먹여 하늘로 함께 데려갈지도 모르는 일이 아니냐?

명심하여 잘 듣고 소홀함이 없도록 하라.

— 命班獒文 명반오문

색에 대하여

세상에는 색色에 혹하는 사람이 많다.

그런데 이른바 그 색이란 것은 붉은색, 흰색, 푸른색 등을 말하는 것인가? 해, 달, 별, 노을, 구름, 안개, 풀, 나무, 새, 짐승 등온갖 것이 모두 빛깔이 있으니 이 색들이 모두 사람을 현혹시키는 것인가? 아니면 금과 옥의 아름다움, 의복의 화려함, 궁궐의사치스러움, 명주와 비단의 화사함 등등, 이 모든 아름다운 색들이 능히 사람을 미혹시킨다는 말인가?

그럴듯하기는 하지만 사실은 그렇지 않다.

이른바 색이란 것은 여인의 빛깔, 즉 여색을 뜻하는 것이다. 검은 머리, 흰 살결에 화장을 하고 마음을 건네는 눈빛으로 한 번 웃으면, 그 웃음에 나라가 기울어진다. 이런 미인을 보는 자는 모두 홀리게 되고, 만나는 자는 모두 혹하게 된다. 그 색에 미쳐 귀여워하고 사랑하게 되면 형제와 친척도 안중에 없고 만다.

그러나 여색이란 귀여움을 받으면 오히려 물리치고, 사랑을 받으면 오히려 적敵이 되는 것이다. '애교를 머금은 요염한 여인의 눈은 칼날이요, 곱게 굽은 눈썹은 도끼요, 통통하게 볼록한 두 볼은 독약이며, 희고 매끄러운 살결은 눈에 보이지 않는 좀이다.'라는 말을 그대는 듣지 못했는가? 도끼로 찍고 칼로 찌르며 보이지 않는 좀으로 쏠아대고 독약으로 괴롭히니 이것이 참으로 혹독한 해로움이 아니겠는가?

이 해로움이 바로 적이라 할 수 있으니 이러한 적을 상대하여 어떻게 이길 수 있겠는가? 그러므로 적에게 속수무책으로 당할 수밖에 없으니 또한 적賊, 즉 도적이라 하는 것이다. 이 도적을 만나면 끝내 모든 것을 앗기고 죽게 될 터인데 이런 적과 어떻게 친할 수 있겠는가? 그러니 이러한 적과 같은 여색은 마땅히 물리쳐야 하는 것이다.

안에서 생기는 내적인 해로움이 이와 같은데, 밖에서 생기는 외적인 해로움은 더 말해서 무엇하겠는가? 아름다운 여색을 보면 가산을 탕진하면서까지 그것을 구하려 하고, 여색의 꾐에 빠지면 어떤 위험도 마다하지 않고 달려가지 않는가? 예쁜 첩을 집에 들이면 남들이 시기하고, 아름다운 여인을 차지하면 공명도 땅에 떨어진다. 크게는 군왕, 작게는 벼슬아치나 선비들도 이 여색 때문에 나라를 망치고 패가망신하기에 이르는 것이다.

주나라의 포사, 오나라의 서시, 진나라 후주의 여화, 당나라 현종의 양귀비 등등이 모두 군주를 현혹해서 화의 싹을 키웠기 때문에, 주나라가 그 때문에 쓰러지고, 오나라가 그 때문에 무너지고, 진나라와 당나라가 그 때문에 붕괴되었다. 작게는 녹주의 요염한 자태가 석숭을 망치고, 손수의 요망한 단장이 양기를 미혹시켰다. 이런 사례는 이루 다 기록할 수 없을 만큼 많다.

아, 나는 장차 풀무질로 숯불을 피워서 모모(황제黃帝의 넷째 비. 현명했으나 추녀였음)와 돈흡(진나라의 대표적 추녀)의 얼굴 천만 개를 주조하여 앞에 든 요염한 얼굴들을 모조리 이 주조된 얼굴 속에 가둔 다음, 화보(아름답고 요염한 공보의 아내를 보고 음심을 품어 눈짓했다 함)의 눈을 칼로 파내어 정직한 눈으로 바꾸고, 철석 같은 광평(당 나라의 현명한 재상. 마음이 고결하고 철석같이 곧았다.)의 창자를 만들어 음란한 자의 뱃속에 넣으려 한다. 그러면 비록 향수나 연지 같은 안료가 있더라도 분뇨나 흙덩이로 여길 것이요, 모장과 서시의 아름다움이 있더라도 돈흡이나 모모로 여길 것이니 어느 누가 여기에 혹하여 빠지겠는가?

— 色喩색유

백운거사의 뜻

이수李叟(이씨 늙은이라는 뜻으로 이규보 자신을 일컬음)가 이름을 숨기고자 하여 그 이름을 대신할 만한 것을 생각해 보았다.

옛날 사람들은 호로 이름을 대신한 이가 많았다. 사는 곳을 호로 삼은 이도 있고, 소유한 물건의 이름으로 호를 삼은 이도 있고, 얻은 바의 뜻으로 호를 삼은 이도 있었다.

예를 들면, 왕적의 동고자, 두보의 초당선생, 하지장의 사명광객, 백낙천의 향산거사 등은 사는 곳을 호로 삼은 것이며, 도연명의 오류선생, 정훈의 칠송거사, 구양수의 육일거사 등은 소유한 것으로, 장지화의 현진자, 원결의 만랑수 등은 얻은 바의 뜻으로 호를 삼은 것이다.

이수는 이들과 달리 사방으로 떠돌아다녀서 일정한 거소가 없고, 한 물건도 소유한 것이 없으며, 얻은 바의 뜻도 없다. 이 세 가지가 모두 옛사람에 미치지 못하니 그 자호自號를 무엇이라고 해야 할까.

어떤 이는 초당선생이라고 지목하지만 나는 두보 때문에 사양하고 받지 않았다. 더구나 나의 초당은 잠깐 우거한 곳이요 오래 머문 곳이 아니다. 우거한 곳을 호로 삼는다면 그 호가 또한 많지 않겠는가.

평생에 오직 거문고, 술, 시, 이 세 가지를 매우 좋아하였으므로 호를 삼혹선생三酷先生이라고 한 적이 있었다. 그러나 거문고를 잘 타지도 못하고 시를 잘 짓지도 못하고 술을 많이 마시지도 못하면서 이런 호를 갖게 된다면 세상 사람들이 크게 웃지 않겠는가.

그래서 백운거사白雲居士라고 고쳤더니 어떤 이가 물었다.

"자네는 장차 청산에 들어가 백운에 누우려고 하는가? 어찌 자호를 이와 같이 하였는가?"

내가 대답했다.

"그런 것이 아닐세. 백운은 내가 사모하는 것이네. 사모하여 배우게 되면 비록 그 뜻을 다 얻지는 못한다 하더라도 거기에 조금은 가깝게 될 것이네. 대저 구름이란 것은 한가롭게 떠 흐르며, 산에 막혀서 머물지 않고, 하늘에도 매여 있지 않으며, 동서로 떠다녀 그 모양과 자취에 구애받지 않고 자유롭네.

순간순간 변화하는데 그 변화의 끝이 어딘지 알 수가 없네. 부드럽게 퍼지는 모양은 군자가 세상에 나가는 기상과 같고, 말끔하게 걷히는 모양은 고결한 사람이 세상에 은둔하는 기상과 같네. 비를 만들어 가뭄을 구제하는 것을 인仁이라 할 수 있다면, 오게 되더라도 한군데 정착하지 않고 가게 되더라도 미련을 남기지 않는 것은 통通이라 할 수 있네.

그리고 빛깔이 푸르거나 누르거나 붉거나 검은 것은 구름의 원래 빛깔이 아니고, 오직 아무 색채가 없이 흰 것만이 변함없는 구름의 본래 모습이라네. 그 덕과 빛깔이 저와 같으니, 만일 저것을 사모하고 배워서 세상에 나가면 만물에 은덕을 베풀고, 집에 들어앉으면 마음을 텅 비워 그 영원불변의 흰 바탕을 지키네.

그렇게 되면 소리도 없고 색깔도 없는 무한한 경지에 들게 되니, 구름이 나인지 내가 구름인지 알 수 없을 것이네. 이것이 바로 옛사람들이 얻은 깊은 뜻에 가까운 것이 아니겠는가?"

또 어떤 이가 물었다.

"거사라고 부르는 것은 어떤 경우여야 하는가?"

이에 내가 대답하였다.

"산에서 살거나 집에서 살거나 오직 도道를 즐기는 사람이라야 비로소 거사라 부를 수 있는 것인데, 나는 속세의 집에 살면서 도를 즐기는 사람이네."

그는 깊이 수긍한 듯 이렇게 말했다.

"자네의 설명을 듣고 보니 자네의 말은 두루 통달한 데서 나온 것 같네. 기록해 두는 것이 좋겠네."

그래서 이렇게 적어 둔다.

— 白雲居士語錄백운거사어록

광인에 대한 변설

세상 사람들이 모두 거사를 보고 미쳤다고 하지만 그는 결코 미친 것이 아니다. 어쩌면 그에게 미쳤다고 말하는 사람이 더 심하게 미친 사람일 것이다.

그 사람들이 거사의 미친 짓을 직접 보았는가 또는 들었는가? 거사의 미친 짓을 보고 들었다면 어떻게 미친 짓을 하던가? 발가벗은 채 맨발로 물이나 불에 뛰어들던가, 이빨이 으스러지고 입술에 피가 나도록 모래나 돌멩이를 씹어 먹던가? 갑자기 하늘을 쳐다보며 욕을 하던가, 발을 구르고 땅을 내려다보며 마구 꾸짖던가, 머리를 풀어헤친 채 큰 소리로 울부짖던가? 잠방이 벗고 발가벗은 알몸으로 밖을 뛰어다니던가, 한겨울에도 추운 줄을 모르고 한여름에도 무더운 줄을 모르던가, 바람을 잡으려고 허우적거리고 하늘의 달을 잡겠다고 날뛰던가? 만일 이러한 일들이 있었다면 거사를 미쳤다고 할 수 있겠지만 그런 일들도 없는데 어찌 그를 미쳤다고 말하는가?

아, 세상 사람들은 한가하게 지낼 때에는 용모와 말씨 그리고 옷차림새가 제법 사람같이 보인다. 그러나 하루아침에 벼슬자리에 오르게 되면 손과 발은 하나인데 올리고 내리는 것이 일정하지 못하고, 마음도 필시 하나일 터인데 이랬다저랬다 한결같지 못하며, 눈과 귀가 뒤바뀌고 동쪽과 서쪽이 뒤바뀌어 서로 현란하게 속이며, 어느 한쪽으로도 치우치지 않은 중도로 돌아갈 줄 모르고, 마침내 바른 궤도를 벗어나 엎어지고 뒤집어진 뒤에야 비로소 그 짓들을 그만두게 된다. 이는 겉으로 보기에는 멀쩡한 것 같지만 사실 속은 미친 사람인 것이다.

이렇게 미친 사람이야말로 저 물과 불에 뛰어들고 모래와 돌멩이를 씹어 먹는 사람보다 실로 심하지 않은가?

아, 세상에는 이렇게 미친 사람이 숱하게 많은데, 자신은 돌아보지도 않은 채 어느 겨를에 거사를 살펴보고서 미쳤다고 비웃는가? 거사는 실로 미친 것이 아니다. 그의 겉모습과 활동의 자취를 보면 미친 듯하지만, 잘 보면 그 속과 뜻은 정녕 옳고 바른 것이다.

— 狂辯광변

거제도로 가는 벗에게

내가 일찍이 들으니 거제현은 이른바 남쪽의 끝에 있는 섬이라고 한다. 물 가운데에 사람 사는 곳이 있으니 사면에는 넘실거리는 바닷물이 둘러 있으며, 항상 안개가 자욱하고 날씨는 찌는 듯이 무덥다고 한다. 태풍이 끊일 새 없이 일어나며, 여름이 되면 벌보다 더 큰 모기떼가 모여들어 사람을 문다고 하니 참으로 두려운 곳이다.

무릇 그곳으로 부임한 자는 대개 좌천된 사람들이었다. 지금까지 그대는 뛰어난 재주로 한림원에서 역사를 편찬하여, 그 업적을 만세에 전하기 위해 열심히 자신의 임무를 수행해 왔다. 그 공적을 따진다면 마땅히 승진의 명령을 받아야 할 터인데,

도리어 거제도라는 섬으로 가게 되었으니 어찌 슬프지 아니하랴. 그러나 축하할 만한 일이 두 가지가 있다.

하늘은 유망한 사람을 성공시키기 위해 반드시 먼저 고통을 주어 시험하게 되는데, 이것은 음양의 이치인 것이다. 그대가 죄가 없으면서도 그곳으로 귀양 가게 되었으니, 이것은 반드시 하늘의 복이 이르게 될 조짐이다. 이것이 하나의 축하할 일이다.

무릇 도를 깊이 얻는 자는 흔히 깊숙하고 한적한 곳에 있게 된다. 그 마음을 오로지하고서야 그 도에 들어감이 한결같기 때문이다. 그대가 지금 가는 곳은 조용하고 사람도 많지 않아, 관청에서 해야 할 일도 한가하고 사무는 간편하여 한 가지도 마음을 괴롭히는 일이 없을 것이다. 그래서 항상 밝고 고요한 방 안에 편안히 앉아 모든 영욕을 잊어버리고 사물이 처음 비롯한, 그 분별이 없는 경지에서 소요한다면 도에 들어감이 더욱 깊을 것이다.

도가 내면에 충실하면 얼굴에 윤기가 피어나서 자연히 아이로 되돌아가 반드시 신선 중의 신선이 될 것이다. 모르겠지만, 돌아오는 날에는 그 몸이 장자나 노자가 되어 돌아올지, 아니면 안기생이나 선문자 같은 신선이 되어 돌아올지 누가 알겠는가? 우리들이 또한 옷자락을 붙잡고 도를 묻게 될 터이니 이것이 또 하나의 축하할 일인 것이다.

가거든 너무 상심하지 말고 때로는 내 말을 떠올리며 마음을 달래도록 하라. 천리나 먼 거리를 둔 이별이니 눈물이 나지 않을 수 없지만, 그렇다고 옷소매를 부여잡고 만류할 수도 없는 일이지 않은가?

— 李史館赴官巨濟序이사관부관거제서

남으로 유람 가는 스님에게

　원종이란 스님이 남쪽으로 유람하러 떠나면서 나에게 찾아와 작별하고는 시와 서序를 지어 달라고 끈질기게 요청했다.

　그래서 내가 말했다.

　"도의 경지는 공空하여 동서의 구별이 없으니, 무릇 승려는 반드시 마음을 빈 배虛舟와 같이하고, 자취를 뜬구름과 같이하여, 동쪽이거나 서쪽이거나 떠나든 머물든, 그런 것을 생각하지 않는 것이다. 그런데 그대가 나에게 작별을 고하니 실로 공문空門의 죄인이 아닐 수 없다. 내가 오직 눈인사만을 건네어 전송하는 것도 도의 경지에 한 점 누가 될 터인데, 하물며 이렇게 구구한 일을 하는 것이야 더 말해서 무엇하겠는가? 그러나 그

대가 간절히 원하는 것이니 내가 한마디의 말을 해 주지 않을
수는 없다."

그리고 이렇게 덧붙였다.

"무릇 내가 무심하게 대하면 비록 유정한 것일지라도 무정하
게 되고, 내가 마음에 정을 가지고 대하면 비록 무정한 것일지
라도 도리어 유정한 것이 된다. 그대는 산수를 구경할 만한 것
으로 생각하거나, 아니면 강남을 으뜸가는 산수의 명승지로 여
겨서 오늘 이렇게 유람을 떠나게 된 것인가? 만일 그리운 마음
으로 명승지를 보게 된다면, 산과 물은 더욱 아름답고 정겨운
자태를 꾸미며 앞뒤에서 교태를 보일 것이다. 구름이 낀 산봉
우리는 길고 아름다운 푸른 눈썹 같고, 맑은 호수는 곱고 선명
하게 단장한 아름다운 모습을 보일 것이며, 물소리는 마치 악
기를 연주하는 듯이 들리고, 소나무에 바람 부는 소리는 마치
거문고 소리처럼 운치가 있을 것이다. 그래서 스님은 이것들을
응접하기에 겨를이 없어 거의 침식도 잊을 것이다.

이런 것들을 끊고 그만 돌아서려 하지만, 그것들이 끌어당기
며 놓아주지 않으니 어찌 할 것인가? 그렇다면 세상에서 아름
다운 소리와 아리따운 색을 좇아 육신의 즐거움만 탐내는 자
들과 무엇이 다르겠는가? 그대가 유정하게 바라보면 모든 것이
똑같이 유정하게 마련이다.

그대가 유람할 때에 만일 산수가 눈을 끌어당기고 마음을 집
착하게 하여 그대를 놓아주지 않는다면 마땅히 내 말을 잘 생
각하라. 그래서 산수를 뒷간 보듯이 하고, 유유히 인간세계로
빨리 돌아와 우리들과 섞여 놀아야 한다. 속세의 이 홍진세상을
청산녹수처럼 볼 수 있어야만 도를 얻은 자라고 할 수 있다."
　　그리고 다음과 같은 시를 주었다.

　　한 조각 흰 구름 한가한데
　　바람 따라 어느 산에 떨어지려나
　　동과 서에 본래 매임이 없으니
　　좋이 갔다 좋이 돌아오게.

　　　　　　　　　　　　— 送宗上人南遊序송종상인남유서

돌의 물음에 답하다

커다란 돌 하나가 나에게 물었다.

"나는 하늘이 낳은 것으로서 땅 위에 살고 있다. 나는 마치 엎어 놓은 동이와 같이 안전하고, 깊이 뿌리를 박고 있는 것처럼 요지부동이다. 어떤 물건이 나를 움직이려 해도 쉽게 움직일 수가 없고, 또 사람들이 나를 다른 데로 옮기려 해도 쉽게 옮길 수 없다. 그래서 타고난 본성을 온전히 보전하여 언제나 즐겁다.

그런데 인간인 그대도 역시 하늘의 명을 받아 태어났고 만물의 영장이라 자랑하면서도, 어찌 그 몸과 마음을 자유자재하지 못하고 타고난 성품에 맞게 처신하지 못하는가. 항상 물건에 얽

매여 부림을 받고 이 사람 저 사람에게 끌려다니고, 물건이 유혹하면 거기에서 빠져나오지 못하는가. 물건이 자기 마음대로 되지 않으면 금세 우울해지고, 다른 사람이 자기를 좋아하면 기를 펴고 또 자기를 배척하면 기가 꺾이니, 본래의 참된 모습을 잃고 지조가 없기로는 인간인 그대뿐이다. 대저 만물의 영장이란 것이 바로 이런 것인가?"

나는 웃으면서 이렇게 대답했다.

"너 같은 물건은 어떻게 해서 이루어졌는지 아는가? 불경에 이르기를, '우둔하고 어리석고 고집 센 것들의 정수가 변화하여 목석木石이 되었다.'라고 하였다. 그러니 너는 이미 신령스러운 정기와 청정한 광명을 잃고 우둔하고 딱딱한 돌덩이로 타락한 것이다. 더구나 화씨(초나라 사람. 박옥을 산에서 주워 왕에게 바침)의 박璞(아직 갈고 닦지 않은 돌 속의 옥)이 쪼개어지자 너도 함께 쪼개어졌고, 곤강(곤륜산. 옥의 산지. 『서경』에, 곤강에 불이 나서 옥과 돌이 함께 탔다는 말이 있음)의 옥이 불에 타자 너도 함께 탔으니 너의 한결같음이 과연 이런 것이냐?

그뿐만 아니라 내가 만일 용을 타고 하늘에 오를 적에는 너는 반드시 나를 위해 디딤돌이 되어 내 발에 밟힐 것이고, 내가 죽어서 땅에 묻힐 때에는 너는 당연히 나를 위해 비석이 되어 깎이고 상한 상태가 될 것이다. 그러니 어찌 다른 물건이 너를 움직일 수 없다고 말하겠는가? 더구나 너의 본성을 상하면서 그렇게 되는데도 나를 비웃을 수 있는가?

나는 안으로는 아무 흔적도 남기지 않는 거울같이 본래의 참된 모습을 온전하게 간직하고, 밖으로는 무심한 거울같이 연경 緣境(인연이 일어나는 사물과 조건)에 얽매이지 않기 때문에, 사물이 가면 가는 대로 오면 오는 대로 마음을 쓰지 않는다. 사람에게 밀침을 받더라도 그 사람에게 불만을 갖지 않고, 움직이지 않을 수 없으면 움직이고, 부르면 가고, 행할 만하면 행하고, 그칠 만하면 그친다. 그러므로 옳은 것도 옳지 않은 것도 없다. 너는 빈 배를 보지 않았느냐? 나는 그 빈 배와 같다. 네가 이런 나를 어찌 책망할 수 있는가?"

돌은 부끄러워하며 더는 말이 없었다.

― 答石問답석문

조물주에게 묻다

— 나는 파리 모기 따위가 싫어서 이 문제를 낸다.

"대저 하늘이 사람을 낼 때에 먼저 사람을 내고 나서, 다음에 오곡을 내었으므로 사람이 그것을 먹고, 그 다음에 뽕나무와 삼麻을 내었으므로 사람들은 그것을 가지고 옷을 해 입어서 비로소 굶주리지 않고 헐벗지 않게 되었습니다. 이것을 보면 하늘은 사람을 사랑하여 지극히 보살피고자 하는 뜻이 있는 것 같습니다.

그런데 한편으로는 어째서 다시 독을 가진 물건들을 만들어 냈습니까?

큰 것으로는 곰, 범, 늑대, 승냥이 같은 것들, 작은 것으로는 모기, 등에, 벼룩, 이 같은 것들이 사람을 심하게 괴롭히고 있으니, 이런 것을 두고 보면 하늘은 또한 사람을 미워하여 죽이고자 하는 뜻도 있는 것 같습니다. 하늘이 사람을 사랑하고 미워함이 이렇듯 일정하지 않으니 대체 무슨 까닭입니까?"

조물주가 대답하였다.

"그대가 묻는 바, 사람과 물건이 나는 것은 모두 아득한 태초의 명조冥兆(만물이 나기 이전의 신비한 세계)에서 정해진 질서에 따라 자연히 생기는 것이니, 하늘도 알지 못하고 조물주도 역시 알지 못하는 것이다. 무릇 사람이 태어나는 것은 자연히 태어나는 것이지 하늘이 시켜서 태어나는 것이 아니다. 오곡과 뽕나무와 삼도 본래 저 스스로 자연히 생겨난 것이지 하늘이 낸 것이 아니다. 하물며 어찌 이로운 것과 독한 것을 분별하여 일부러 사람을 이롭게 하고 또 괴롭게 하겠는가?

오직 도가 있는 사람은 이로움이 온다고 해서 기뻐하지도 않고, 독이 온다고 해서 구차하게 꺼리지도 않는 법이다. 물건을 대하되 마음을 텅 비웠으므로 물건이 그를 해치지 못한다."

나는 또 물었다.

"태초에 하나의 기운이 나누어져서 위로는 하늘이 되고, 아래로는 땅이 되고, 그 가운데에 사람이 자리잡아 이른바 삼재三才가 이루어졌습니다. 그러므로 이 삼재는 결국 동일한 것이라 할 수 있습니다. 그러니 하늘에도 역시 이러한 독물들이 있습니까?"

조물주가 대답하였다.

"나는 이미 도가 있는 사람은 물건이 해치지 못한다고 말하였다. 하늘이 도가 있는 사람만 같지 못해서 그러한 독물들을 가지겠는가?"

"진실로 그렇다면, 도를 얻으면 과연 삼천(도교에서 말하는 옥청, 상청, 태청의 세 하늘)의 옥경(하늘의 옥황상제가 있는 곳)에 이를 수가 있습니까?"

"그렇다."

"저의 의심이 이제 환히 풀렸습니다. 그러나 다만 모를 것은 당신이 '하늘도 알지 못하고 당신도 역시 알지 못한다.'고 한 말입니다. 하늘은 무슨 일을 하되 의식적으로 하는 것이 아니라 저절로 하기 때문에 스스로 알지 못하는 것이 마땅하지만, 조물주인 당신이 모른다고 한 것은 무슨 까닭입니까?"

조물주가 말했다.

"내가 손으로 물건 만드는 것을 그대가 보았는가? 무릇 물건이란 제 스스로 나고 제 스스로 될 뿐이다. 내가 무엇을 만들며 내가 무엇을 알겠는가? 나를 조물주라고 한 것조차 나는 모른다."

— 問造物문조물

살구꽃 피고 술도 익었으니

말씀드립니다.

머칠 전 아침에 일어나 우연히 책 상자 속에 간수해 두었던 시고詩稿를 보았습니다. 그 시고의 갈피에 써 놓은 친구들의 이름을 보니, 절반은 이미 저세상 사람이 되었고, 나머지는 모두 천리의 머나먼 곳에 흩어져 서로 소식조차 듣지 못하게 되었습니다. 나는 그만 절로 탄식이 나왔습니다.

그동안에 함자진과 오덕전 등 두서너 친구를 만나 나이를 초월하여 사귀어 왔는데, 그들도 역시 모두 먼저 돌아갔습니다. 이들은 다 선배이니 선배가 먼저 가고 후배가 아직 남아 있는 것은 정한 이치라 하더라도, 젊은 사람도 또한 믿을 수가 없으니 사람의 목숨이 이렇게 연약하고 덧없다는 것을 다시 한 번 새기게 됩니다.

오직 그대와 내가 다행히 탈이 없어 날마다 함께 놀았는데, 아직까지 우정에 틈이 나거나 서로 의심한 일은 결코 없었습니다. 그러나 인생은 모이고 흩어짐이 실로 무상하여 오늘 만났지만 내일 또 각기 어디로 흩어질지 알 수가 없는 일입니다. 그렇게 되기 전에 다만 애써 즐거운 일을 꾀할 뿐, 이 밖에 우리가 할 수 있는 일이 무엇이 더 있겠습니까?

지난번 이군의 집에서 술을 마실 때는 정말 즐거웠습니다. 부축을 받으며 집으로 돌아올 정도가 되었으니 참 많이 취했던 것 같습니다. 취중에 무슨 말을 했는지도 기억이 나지 않습니다. 그대는 기억하고 있습니까? 나는 오직 술이 거나했을 때 아무 장식도 없는 거문고를 찾아 탔던 것만 어렴풋이 기억이 납니다.

또 절집 안화사의 환벽정이라는 정자, 그 청수한 곳에서 두 차례나 술을 마실 때, 저의 미치광이같이 취한 모습은 실로 가관이었을 것입니다.

요즈음 우리 집에서 술을 빚었는데, 이제 익어서 자못 향기롭고 텁텁하여 가히 마실 만합니다. 어찌 그대들과 이 술을 마시지 않을 수 있겠습니까? 더구나 지금 붉은 살구꽃이 반쯤 피

었고, 봄기운이 화창하여 사람의 마음을 취하게 하고, 다정다
감하게 돋우어 줍니다. 이 좋은 때에 술 한잔 하지 않으면 어찌
하겠습니까?

바라건대 이군, 박환고 등과 함께 부디 오셔서 한잔 하시기
바랍니다. 그렇지 않으면 우리 집 술은 며칠 안 가서 바닥이 날
것이니, 뒤늦게 오면 단지 물만 마시는 곤욕을 당하게 될 것입
니다.

황송합니다. 머리를 숙입니다.

— 與全履之手書여전이지수서

집을 고치고 나서

　허물어져 오래 버틸 수 없을 듯한 행랑채 세 칸이 있어서 나는 어쩔 수 없이 이것들을 모두 수리하게 되었다.

　그중 두 칸은 비가 샌 지 오래되었는데, 나는 이미 그것을 알고 있었으나 차일피일 미루다가 손을 보지 못했다. 나머지 한 칸은 비를 한 번밖에 맞지 않았기 때문에 서둘러서 새 기와를 갈게 하였다.

　그런데 수리하려고 보니, 비가 샌 지 오래된 것은 서까래, 추녀, 기둥, 들보가 모두 썩어서 더 이상 쓸 수 없게 되어 있었다. 그래서 생각지도 않게 경비가 많이 들었다. 그러나 한 번밖에 비를 맞지 않은 것은 다행히 재목들이 모두 완전하여 다시 쓸 수 있었기 때문에 경비가 훨씬 적게 들었다.

나는 이것을 보고 생각한다.

사람의 몸도 역시 마찬가지다. 잘못을 알고서도 그 잘못을 바로 고치지 않으면, 사람이 못쓰게 되는 것이 마치 나무가 썩어서 못쓰게 되는 것과 같고, 비록 잘못이 있더라도 바로 고치기를 꺼려하지 않으면, 다시 좋은 사람이 되는 것이 마치 집의 재목을 다시 쓸 수 있는 것 이상으로 바람직한 일이다.

이뿐만이 아니다. 나라를 다스리고 보살피는 일도 이와 마찬가지다. 무슨 일을 하더라도 백성에게 커다란 피해를 입힐 것이 번한 정책을 바로 개혁하지 않고 머뭇거리다가, 마침내 백성들이 살 수 없게 되고 나라가 위태롭게 된 뒤에야 갑자기 변경하려고 한다면, 과연 그것이 쉽게 이루어질 수 있겠는가?

깊이 명심하고 조심할 일이다.

— 理屋說이옥설

천둥소리의 두려움

　하늘에서 번개가 치고 천둥이 진동할 때에는 사람들이 모두 두려워한다. 그래서 뇌동雷同(천둥이 치면 사람의 마음이 모두 두려움으로 똑같아진다는 뜻으로, 분별없이 남의 말에 동의함을 비유하기도 함)이라는 말이 생겨난 것이다.

　나는 천둥소리를 들었을 때 처음에는 덜컥 겁이 났다. 그리고 여러 모로 잘못을 반성하며 하늘에 혹시 죄라도 지은 것은 없는지 마음을 가다듬었다. 그러다가 별로 거리낄 만한 것이 없다고 판단한 뒤에야 겁에 질려 움츠렸던 몸을 폈다.

　그런데 다만 한 가지 마음에 꺼림칙한 일이 있다. 내가 일찍이 『좌전左傳』을 읽다가 화보(송나라 사람. 길에서 공보의 아내에게 음심을 품고 눈을 맞추었다 함)가 길에서 여인과 눈을 맞추었다는 대목을 읽고 마음속으로 그를 아주 나쁘게 생각했었다. 그래서 나는 길을 가다가 예쁜 여자를 만나면 눈이 마주치지 않기 위해 고개를 숙이고 의식적으로 외면하며 걸음을 빨리하고는 했다.

그러나 머리를 숙이고 그 여인을 외면하는 것은 사실 그 여인이 전혀 마음에 없어서 그런 것만은 아닌 것이다. 이것은 스스로를 의심해야 할 일인 듯하다.

또 한 가지는, 보통 사람이 갖는 인지상정에서 벗어나지 못하는 일이 있다. 남이 자기를 칭찬하면 기뻐하지 않을 수 없고, 비난하면 언짢은 기색을 감출 수가 없다. 이것은 비록 천둥소리가 날 때 두려워할 것까지는 없다 하더라도 역시 조심해야 할 일이다.

옛 사람들은 아무도 보지 않는 캄캄한 방에 혼자 있으면서도 제 마음을 속이지 않았다고 하는데, 나는 감히 이 지경에 미치지 못하고 있는 것 같아 실로 부끄러울 뿐이다.

— 雷說뇌설

하늘과 사람이 서로 이긴다

유자劉子가 일찍이 말했다.

"사람이 많으면 하늘을 이기고, 하늘이 정하면 또한 사람을 이긴다."

나는 이 말에 감복한 지 이미 오래되었고, 지금에 와서는 더욱 믿게 되었다. 왜냐하면 이런 경험이 있기 때문이다.

내가 일찍이 전주에서 서기로 일하고 있었는데, 예기치 않게 한 동료의 모함과 중상을 입고 그만 파면을 당했다. 관리에서 물러나 서울에 올라온 뒤에도, 그 사람은 여전히 중요한 자리를 차지하고 교언영색으로 사람들을 현혹시키고 있었다. 나는 그 사람 때문에 그 뒤로 9년 동안이나 관리의 자리에 나아가지 못했다. 이것이 바로 사람이 하늘을 이긴 일이다. 어찌 이것을 하늘의 뜻이라고 할 수 있겠는가?

그 사람이 죽고 바로 그 해에 한림翰林의 보직을 받아 관계에 진출할 수 있었고, 그 뒤는 여러 요직을 거치면서 아주 빠르게 높은 지위에 오를 수 있었다. 이것이 바로 하늘이 사람을 이긴 일이다. 사람이 어찌 끝내 하늘이 정한 일을 방해할 수 있겠는가?

이 말에 대하여 어떤 사람이 힐난하여 말했다.

"태공(주나라 문왕의 신하. 낚시로 은거하다가 노후에 문왕을 만남)은 80세에 문왕을 만났고, 주매신(한 무제 때 사람. 가난하여 나무를 해 팔아 살다가 50세 지나 태수가 됨)은 나이 50이 지나 귀하게 되었는데, 이런 일이 어떻게 다른 사람이 그들을 중상하여 출세가 늦었다고 말할 수 있겠는가? 실로 하늘이 정한 운명이 그렇게 만든 것이라 할 수 있다."

그래서 나는 또 이렇게 대답했다.

"과연 두 사람의 출세가 늦은 것은 그대의 말과 같이 운명이라 할 수 있다. 그러나 나의 운명으로 본다면 중상을 입어 파면된 그때에도 크게 나쁘지는 않았다. 다만 나쁜 사람이 기회를 엿보다가 사건을 그렇게 만들었기 때문인 것이다."

그런데 어떤 사람이 또 이렇게 말했다.

"운명은 크게 나쁘지 않더라도 나쁜 사람이 기회를 타서 그렇게 만든 것도 역시 운명일 터인데 어찌 그렇게 말할 수 있는가?"

내가 여기에 또 대답했다.

"내가 그때에 조금만 참고 지내서 그 사람과 사이가 나쁘지 않았더라면 반드시 그런 일은 없었을 것이다. 한편으로 따지고 보면 내가 자초해서 만든 결과이기도 하니, 어찌 운명하고만 관계가 되는 일이겠는가?"

내 말을 듣더니 그 사람은 감복하며 말했다.

"그대가 이렇게까지 자기의 잘못을 뉘우쳐 인정하니, 높은 자리에 오른 것이 참으로 우연이라 할 수 없도다."

— 天人相勝說천인상승설

노극청 이야기

— 내가 『명종실록』을 찬수할 때 이 전을 지었는데,
탐욕을 다투는 시속을 경책할 만한 것이므로 여기 붙인다.

노극청盧克淸이 어떤 사람인지는 잘 모른다. 벼슬이 산관(품계만 받고 일정한 직무를 받지 못한 벼슬)으로 직장동정(고려 때 관직)에 이르렀을 뿐이라고 한다.

그는 집이 가난하여 살던 집을 팔려다가 미처 팔지 못하고 마침 일이 생겨서 다른 지방으로 갔었는데, 그의 아내가 낭중(고려 때 관직)인 현덕수에게 집을 백은 12근을 받고 팔았다. 극청이 서울에 돌아와서 집값을 너무 많이 받은 것을 알고, 백은 3근을 가지고 덕수에게 갔다.

"내가 과거에 이 집을 살 때 9근밖에 주지 않았는데, 수년 동안 살며 아무것도 수리한 것도 없으면서 3근을 더 받는다는 것은 경우가 아니므로 이것을 돌려주겠소."

그러나 덕수 또한 의로운 선비인지라 끝내 받지 않으려 했다.

"어찌 당신 혼자서만 경우를 지키고 나는 그렇게 하지 못하게 하시오?"

그러자 극청이 대답했다.

"내가 평생 의리에 어긋나는 일은 하지 않았는데, 어찌 싸게 사서 비싸게 팔아 재물을 탐내는 짓을 할 수 있겠소? 만일 당신이 나의 말을 듣지 않는다면 그 값을 그대로 되돌려줄 터이니 다시 내 집을 반환하시오."

극청의 말을 듣고 덕수는 어쩔 수 없이 백은 3근을 받으며 탄식했다.

"내가 극청만 못한 사람이 돼서야 쓰겠는가?"

마침내 그는 그 은을 절에 바치고 말았다.

이 말을 들은 사람들은 모두 하나같이 감탄했다.

"말세의 풍속이 되어 이익만을 추구하는 이 시대에도 이런 사람이 있단 말인가?"

나는 이 사실을 기록한 사람이 노극청 집안의 내력과 그 밖의 다른 행적들을 상세히 기록하지 않은 것을 심히 유감스럽게 생각한다.

— 盧克清傳노극청전

불길한 징조

『두목전杜牧傳』에, 두목(당나라 말기 시인)이 죽을 무렵에 밥을 짓던 시루가 깨어지니, 두목이 "이것은 반드시 불길한 징조이다."라고 말했다는 이야기가 있다.

나는 이에 대해 다음과 같이 논박한다.

그것은 하찮은 술수로서 무당이나 점쟁이의 말에 지나지 않는다. 두목이 시루가 깨어진 일을 상서롭지 못한 불길한 징조로 본 것은 선비로서 할 말이 못 된다. 사신史臣인 송공宋公이 『두목전』을 쓸 때 마땅히 이런 글은 빼 버려야 했을 터인데, 오히려 기록해 두었으니 글이 그만 잡스럽게 되어 버렸다.

『서경』에, "암탉이 새벽에 우는 것은 집안 운수가 다된 것이다."라고 기록되어 있는데, 이것은 이치에 맞는 말이다.

대개 암탉이란 나면서부터 새벽을 알리는 책임이 없다. 그런데 이런 암탉이 새벽에 우니 집안의 괴이한 일이 이것보다 더 큰 것이 있겠는가? 이것은 꿩이 솥귀에 앉아서 울고(『서경』에, 고종이 제사지낼 때 있었던 일이라고 말함), 쥐가 궁궐의 정문 위에서 춤추는(『한서』에, 소제가 잔치할 때 있었던 일이라고 말함) 그런 요망한 일보다 더 심한 것이다. 그러므로 성인이 『서경』을 편찬할 때 이 말을 빼지 않고 그대로 넣어 둔 것이다.

그런데 시루가 깨진 것은 불이 너무 뜨거워서 그럴 수도 있고 물이 말라서 그럴 수도 있으므로, 이런 당연한 일을 가지고 집안에 괴변이 있을 것이라고 말하는 것은 아주 잘못된 일이라 할 수 있다. 두목의 경우는, 마침 그때에 두목이 죽었으니 우연의 일치일 뿐이지, 시루가 깨졌기 때문에 그가 죽었다고 볼 수는 없다.

내가 직접 체험한 바는 이렇다. 작년 9월에 내 집에서 솥에 불을 때다가 시루가 깨졌는데, 나는 별로 괴이하게 여기지 않았다. 또 금년 2월에는 시루가 마치 소 울음 같은 소리를 내다가 조금 뒤에 깨졌는데, 공교롭게도 사람이 일부러 연장을 가지고 반듯하게 갈라놓은 것 같았다. 이것을 보고 밥 짓던 부인이 아연실색하여 내게 달려와 무슨 괴변이나 일어난 것처럼 그 사실을 알렸다. 나는 웃으면서 태연하게 앉아 있었다.

그때 마침 점쟁이가 와서 이렇게 말하는 것이었다.

"이 일은 주인에게 아주 불길한 징조이니 신령님께 빌지 않으면 재앙이 닥치지 않을까 염려됩니다."

이 말을 들은 부인은 서둘러 점쟁이의 말대로 하려고 하는데, 내가 그런 짓을 못하게 말리면서 말했다.

"사람이 죽고 사는 데에는 명이 있는 법이다. 진실로 죽을 때가 되어 저 괴이한 일이 먼저 징조를 보여준 것이라면 뒤늦게 빌어 본들 무슨 소용이 있겠으며, 아직 죽을 때가 되지 않았다면 시루가 깨지는 일이 나와 무슨 상관이 있겠는가?"

과연 나는 죽지 않고 지금까지 살아 있다.

그렇다면 두목은 왜 시루가 한 번 깨어진 일로 죽고, 나는 왜 시루가 두 번이나 깨어져도 죽지 않고 살아 있는가?

불길한 징조라는 것은 이와 같은 것이다.

나는 뒤에 오는 사람들이 혹시 이러한 허탄한 말에 유혹될까 염려되어 이 글을 써서 깨우치고자 한다.

— **杜牧傳甑裂事駁**두목전증렬사박

꿈의 징험

꿈에 대하여 이야기하는 것은 얼핏 괴이하고 헛된 소리를 하는 것처럼 느껴지기도 한다. 그러나 옛날 『주례周禮』(주나라의 통치제도와 규범을 적은 책)에도 여섯 가지 꿈을 분류하여 해몽하는 이야기가 있고, 또 『오경五經』이나 여러 성현들의 말씀과 사실을 기록한 역사책 등에도 꿈에 대해 말하고 있는 것이 적지 않다. 꿈이 정말로 징험이 있다면 그것을 말하는 것이 무슨 해로움이 있겠는가?

내가 일찍이 전주에서 서기로 있을 때의 일이다.

평소에 나는 성황당에 가는 일이 전혀 없었다. 그런데 어느 날 꿈에 나는 성황당에 갔다. 그리고 그 성황당에서 무릎을 꿇고 절하는데, 마치 무슨 밝히거나 빌어야 할 일이 있어 법관과 함께하듯이 절하고 머리를 조아렸다. 그때 왕의 목소리가 들렸다.

"기실記室(기록을 맡은 관리인 서기. 곧 이규보)은 위로 오르시오."

나는 대청에 올라 두 번 절했다. 이윽고 왕이 선비가 쓰는 베 두건에 검은 동옷 저고리 차림으로 남쪽 편에 앉았다가 일어나 답례를 하더니, 나에게 가까이 오라고 손짓했다. 조금 뒤에 어떤 사람이 술상을 올리는데, 보아하니 술상은 아주 초라하였다. 한참 동안 왕과 함께 술을 마시는데, 문득 왕이 내게 물었다.

"들자하니, 목관牧官(여기서는 전주를 맡은 관리)이 근래에 『십이 국사十二國史』를 새로 간행하였다고 하는데 그런 일이 있소?"

"그렇습니다."

"그러면 왜 나에게는 주지 않소? 나에게 아이들이 있어서 읽히고 싶으니 몇 권 보내 주면 좋겠소."

"분부대로 하겠습니다."

왕은 또 이런 말을 했다.

"관리의 우두머리인 아무개는 쓸 만한 사람이니 잘 보필해 주시오."

그러고 나서 잠시 있다가 나도 내 장래의 화복禍福에 대해 왕에게 물었다. 그랬더니 왕은 달리다가 바퀴축이 부러진 수레를 가리키면서 말했다.

"그대는 저 바퀴축이 부러진 수레와 같소. 금년을 보내지 못하고 이 고을을 떠날 것이오."

그러고 나서 조금 뒤에 가죽 띠 두 벌을 내게 주면서 말했다.

"그대는 반드시 귀하게 될 것이니 이것으로 노자나 하시오."

꿈에서 깨고 보니 온몸이 땀으로 젖어 있었다.

사실 이 무렵 목관은 위로부터 지시를 받고 『십이국사』를 새로 간행했던 것이다. 또 관리 아무개는 내 뜻에 맞지 않아 기회를 보아 죄를 묻고 배척하려 하던 참이었다. 그래서 꿈에 이런 말을 듣게 되었는지 모른다.

이튿날 나는 그 관리를 불러 새로 간행한 『십이국사』 2권을 가지고 가서 성황당에 바치게 하였다. 그리고 그의 죄를 용서하고 불문에 붙이기로 했다. 그런데 그 해에 과연 한 동료의 참소를 받아 내가 파면되었으니, '그대는 저 바퀴축이 부러진 수레와 같소.'라고 한 꿈속의 말이 맞아떨어진 것이다.

벼슬에서 물러난 지 7년이 넘도록 벼슬 한 자리도 얻지 못해 아주 더할 수 없이 좌절하고 낙심했지만, 꿈속에서 들은 '그대는 반드시 귀하게 될 것이다.'라는 말은 실로 믿지 않았다. 그 뒤에 중요한 벼슬을 두루 거쳐서 3품에 이르게 되었지만, 나는 역시 그 말을 깊이 믿지 않았다. 그런데 이제 정승이 되고 보니, '반드시 귀하게 될 것이다.'라는 말이 참으로 빈틈없이 딱 맞아

떨어졌다는 사실을 인정하지 않을 수 없다.

아, 그윽한 가운데 신과 감응할 수 있다는 것을 때로는 믿지 않을 수 없다. 어찌 이 모든 것이 허황된 일이기만 할 것인가?

— 夢驗記몽험기

정원을 손질하며

성 동쪽에는 위에 하나 아래에 하나 두 개의 정원이 있는데, 위의 것은 가로와 세로가 모두 30보나 되고, 아래의 것은 가로와 세로가 겨우 10보쯤밖에 안 된다. 보步는 예전에 밭 크기를 계산하던 단위이다. 매년 여름 오뉴월이 되면 잡초가 무성하게 자라서 사람의 허리까지 닿았지만 그것을 그때그때 제대로 베지 못했다.

집에는 키가 작은 종이 셋 있고 수척하게 마른 아이 종이 다섯이나 있다. 그런데 이들도 잡초가 무성하게 자란 정원이 좀 보기가 민망했던지, 무딘 호미 하나를 가지고 서로 번갈아 가며 풀을 매다가도 서너 보쯤 매고 나면 그만 걷어치우고 만다.

열흘쯤 지나면 또 다른 곳에 난 풀을 매는데, 그동안 전에 매었던 곳에 풀이 다시 우북하게 자라 있다. 이런 식으로 되풀이하다 보니 위의 정원은 늘 무성한 잡초 속에 덮여 있게 마련이다. 이것은 첫째 내가 일을 제대로 감독하지 못한 탓이고, 둘째 집안의 종들이 게으르기 때문이다.

그러나 나는 종들을 꾸짖지는 않았다. 그들의 게으름을 너그럽게 용서하고, 아래의 작은 정원을 직접 손질해 보기로 했다. 작은 정원은 면적이 넓지 않기 때문에 나의 힘으로 충분하다고 생각되었다.

그래서 종들은 내버려두고 몸소 팔을 걷고 나서서 죽은 나무의 썩은 가지는 잘라내고, 바닥이 낮은 곳은 흙을 보태어 돋우고 높은 곳은 깎아 내어 바둑판같이 평평하게 만들었다.

일이 끝나고 난 뒤에, 갈포 옷에 사모를 쓰고 내가 가꾼 정원을 거닐었다. 대자리를 깔고 돌베개를 베고 누워 있노라면 숲 그림자는 땅에 흩어지고 맑은 바람은 솔솔 불어온다. 때로 아이는 내 옷자락을 잡고 나는 아이의 이마를 쓰다듬어 주며 유쾌한 기분으로 마음껏 즐거운 날을 보낼 수 있으니, 진실로 이곳이 한가하게 사는 사람의 낙원이 아닐 수 없다.

아, 30보 정도 되는 정원을 쉽게 가꾸지 못하고, 10보밖에 안 되는 정원으로 옮긴 다음에야 겨우 그것을 다스릴 수 있었으니, 이것이 어찌 힘이 부족한 자의 일솜씨가 아니겠는가?

이것을 미루어 나라 살림으로 옮겨 생각한다면, 힘에 겨운 책무를 맡으면 일을 제대로 가누지 못하여 거칠고 못쓰게 하지 않을까 두렵다. 그러나 옛적에 진중거는 방 하나 쓸지 않았어도 그 뜻이 원대하였으니(후한 때 사람 진중거는 어렸을 때부터 한가해도 청소를 하지 않았다. 누가 그에게 왜 청소를 하지 않느냐고 물으니, "대장부는 천하를 청소해야지 방 하나를 하겠소?" 하였는데, 뒤에 제후가 되었음) 이것을 두고 말한다면 대장부가 품고 있는 뜻을 어찌 쉽게 말할 수 있겠는가?

그래서 나는 스스로 웃으면서 이런 일을 기록하고, 읽으며 또 크게 웃으니, 그 웃음이 또한 낙이 된다. 갑인년 5월 23일에 쓰다.

― 草堂理小園記초당이소원기

접목

세상의 일 중에 처음에는 허탄하고 괴망하기만 한 것 같은데, 나중에 보면 진실한 결과를 가져오는 일이 있다. 과수나무를 접목하는 것이 그 한 예이다.

나의 선친 때에 키다리 전씨라고 불리는 이가 있었는데, 과수나무를 접목하는 특별한 기술을 가지고 있었다. 선친께서 시험삼아 전씨에게 접목을 부탁하였다.

동산에 돌배나무가 두 그루 있었는데, 전씨가 모두 톱으로 자르고 세상에서 유명하다고 하는 배나무를 구하여 몇 개의 가지 끝을 깎아서 자른 나뭇가지 끝 위에 꽂고 기름진 진흙으로 봉하였다.

그때는 그것이 부질없고 허탄한 짓만 같아서, 싹이 뾰족이 나오고 잎이 필 때에 이르러서도 여전히 그것이 괴이한 요술같이만 여겨졌다. 그러다가 여름에 푸른 이파리들이 무성하게 자라고, 가을이 되자 열매가 주렁주렁 열린 뒤에야, 마침내 그것이 진실한 것이라고 믿게 되면서 비로소 허탄하고 괴망하다고 여긴 그 의심이 풀렸다.

선친께서 작고하신 지가 벌써 아홉 해가 되었다. 이제 나만 남아 선친께서 접목하신 그 나무를 보고 열매를 먹으니, 그때마다 그 엄하시던 얼굴이 떠오르고 생각이 사무친다. 때로는 나무를 부여잡고 목이 메어 차마 나무 곁을 떠나지 못한 적도 있다.

옛 사람이 소백召伯(주나라 때 정사를 펴다가 팥배나무 밑에서 쉬곤 했는데, 후인들이 그의 덕을 사모하여 그 나무를 꺾지 않고 아꼈다 함.)과 한선자(진나라의 사신으로 노나라에 가서, 주나라의 예법이 모두 노나라에 남았다고 찬양하고 계무자의 집에 초청을 받아 그 집의 아름다운 나무를 보고 또 그 나무를 칭찬하니, 계무자가 그 나무를 잘 가꾸어 은혜를 잊지 않겠다고 말했음)의 일 때문에 팥배나무를 꺾지 않고, 아름다운 나무를 잘 가꾼 일이 있었는데, 하물며 아버지가 아껴 가꾸다가 자식에게 물려주신 이것이야말로 그 공경하는 마음이 어찌 꺾지 않고 잘 가꾸는 그 정도일 뿐이겠는가? 그 열매도 또한 꿇어앉아서 먹어야 할 것이다.

　아마도 생각하건대, 선친께서 이것을 내게 물려주신 까닭은, 나로 하여금 그른 것을 고쳐 옳은 데로 가기를 이 나무처럼 하라는 깊은 뜻이었으리라.

　이것을 기록하여 경계 삼는다.

— 接菓記접과기

네 가지가 좋은 집

　옛날 나의 선친은 서쪽 성곽 밖에 별장 하나를 가지고 있었다. 그곳은 계곡이 아주 깊숙하고, 집 주변의 형세가 이 세상과는 딴판으로 많이 외지고 그윽하여 참으로 별천지 같았다. 나는 그것을 혼자 독차지하고 자주 왕래하면서 글을 읽으며 한적하게 지내리라 생각하였다.

　혼자 가꾸기에 벅차지 않을 정도의 밭이 있어서 식량을 마련하기에 더없이 좋고, 뽕나무가 적당히 많아 누에를 쳐서 옷을 마련하기에도 좋고, 늘 맑은 물이 넘치는 작은 옹달샘이 있으니 물을 마시기에 안성맞춤이어서 좋고, 나무가 많으니 땔감을 얼마든지 조달할 수 있어서 좋다.

이렇게 나의 뜻에 맞고 좋은 것이 네 가지가 있기 때문에 나는 그 집을 네 가지가 좋은 집, 즉 사가재四可齋라고 이름지었다.

　녹봉이 많고 벼슬이 높아 부와 권세를 마음대로 누리는 사람은 무릇 하고자 하거나 얻고자 하는 것을 언제나 제 뜻대로 할 수 있을 것이다. 그러나 나 같은 가난한 선비는 평생에 뜻에 맞고 좋은 것이 백 가지에서 한 가지도 없는데, 이제 갑자기 네 가지나 그 좋은 것을 차지하였으니 한편 생각하면 얼마나 분수에 넘치는 일인가?

　대개 소고기, 양고기, 돼지고기 등으로 차린 성대한 음식을 먹기까지는 처음에는 소박한 명아주국으로부터 시작하는 것이고, 천리를 간다고 해도 제 집 문 앞의 한 걸음부터 시작하는 것이니, 모든 일은 점진적으로 되는 것이라 믿는다.

　내가 이 집에 살면서 참다운 전원의 즐거움을 얻게 된다면 나는 장차 어떻게 할까? 아마도 뒷날 번잡한 세상일을 미련 없이 내팽개치고, 옷을 떨쳐입고서는 전원의 옛 고향으로 돌아올 것이다. 그리고 전원에서 자연스럽게 늙어가면서 태평한 세월을 누리며 농사지을 것이다. 그래서 아무 걱정 없이 배를 두드리며 격양가를 부르고, 성왕聖王의 치세와 교화를 읊고 노래하며, 그 소리를 거문고에라도 올릴 수 있다면 얼마나 좋은 일이겠는가?

일찍이 이 네 가지가 좋은 집에서 시 3수를 지었는데, 시집 가운데 있는 「서교초당시西郊草堂詩」가 바로 그것이다.

그 시의 한 구절을 여기 옮긴다.

좋고 좋구나, 농가의 즐거움이여
전원에 돌아감이 이제부터 비롯된다.

이것이 참으로 나의 뜻이다.
모월 모일에 백운거사가 쓰다.

— 四可齋記사가재기

통한 집과 사람

   사람들은 양응재를 사리에 통한 사람이라는 뜻으로 통인通人이라고 불렀다. 그는 성 북쪽에 살고 있는데 꽃과 나무를 솜씨 있게 접목해 가꾸어서 그 정원의 아름다운 경치가 장안에 소문이 났다.

   내가 마음을 내 가 보았는데, 처음에는 둘러 있는 담장만이 쓸쓸하게 보일 뿐이어서 소문과 같은 경치가 없는 듯했다. 그런데 잠시 뒤 주인의 안내를 받아 그 정원으로 가서 두루 살펴볼 수 있었다.

   정원의 넓이는 사방이 40보 남짓한데, 진귀한 나무와 유명한 과목들이 보기 좋게 늘어서 있었다. 이리저리 자세히 보니 나무들이 서로 가까이 있으면서도 적당한 간격을 유지하고, 떨어져 있어도 너무 멀리 떨어져 있지 않았다. 모든 것이 성기고 빽빽한 모양을 고르게 하여 조화를 이루어 놓은 결과라는 것을 알 수 있었다.

따로 화단을 만들어서 여러 가지 꽃을 심었는데, 꽃이 각각 수십 종이나 되며 세상에서 흔히 볼 수 없는 진귀한 것들이었다. 바야흐로 막 피어나는 것들도 있고, 어떤 것들은 이미 떨어져서 푸른 숲과 땅바닥에 마치 수를 놓은 듯 눈부셨다.

햇빛을 받아 더욱 붉은 꽃송이는 장여화(진나라 왕의 총애를 받은 미인)가 아리땁게 취한 모습 같고, 이슬에 함초롬히 젖어 있는 꽃송이는 양귀비가 막 목욕하고 나온 모습 같고, 바람에 가냘프게 흔들리는 꽃가지는 조비연(한나라 성제의 총애를 받던 미인. 사람의 손바닥 위에서 춤을 출 정도로 몸이 가벼웠다 함)의 몸짓을 닮았다. 또 떨어진 꽃은 신부인(한나라 문제의 총애를 받던 미인. 언제나 황후와 함께했는데, 어느 날 황제와 정원을 거닐다 쉴 때 정원 관리인이 황제와 황후의 자리로부터 좀 떨어진 자리에 신부인을 앉혔다 함)이 외롭게 혼자 떨어져 외도는 모습 같고, 꽃이 아직 활짝 피지 않은 것은 이부인(한나라 무제의 총애를 받은 미인. 죽을 때에 무제가 얼굴이라도 한 번 더 보고자 했으나, 그녀는 죽는 자기의 추한 모습을 보이기 싫어 이불로 얼굴을 가리고 보이지 않았다 함)의 가려진 애달픈 얼굴 같았다.

이러한 꽃들의 아기자기한 모습이 눈길을 놓아주지 않아 한 동안 차마 자리를 뜰 수 없었다. 풀을 깔고 앉아 한참이나 구경하고 나서 조금 북쪽으로 갔더니 평상 같은 너럭바위가 있는데, 바둑판같이 편편하고 자리를 깔지 않아도 앉을 정도로 아주 정결해 보였다. 그 곁에는 포도나무가 있는데, 포도나무 줄기들이 나무에 감긴 채 아래로 늘어진 모습은 마치 아름다운 보석을 꿴 목걸이 장식을 보는 것처럼 눈부셨다. 또 바로 아래에는 어린 갈대 싹이 돋아나는 가운데 맑은 물을 졸졸 흘리고 있는 작은 돌샘이 있는데, 맛이 아주 깨끗하고 달아서 마치 감로수같이 느껴졌다.

너럭바위로 되돌아와서 술을 두어 순배 마신 뒤에 주인이 나에게 눈길을 주며 은근한 말씨로 말을 건넸다.

"내가 이 집을 가지고는 있으나 아직 적당한 이름을 마련하지 못한 것은 선생에게 그것을 부탁드리고 싶었기 때문입니다. 수고를 해 주시면 고맙겠습니다."

나는 곧 통한 집이라는 뜻으로 통재通齋라고 이름을 지어 주었다. 생각하건대, 깊고 깊어 그윽한 도道의 바탕에서 바라본다면 이것과 저것, 위와 아래 등 모든 분별이 사라져서, 만 가지 형체가 무분별의 근원으로 돌아가므로 더 이상 천지 만물은 볼 수 없을 것이다. 그렇게 되면 아예 통함과 막힘, 곧 통通과색塞이라는 것은 있을 수가 없다.

그러나 있음과 없음이 쉼 없이 순환하는 천도天道로 보자면, 큰 물건으로는 해와 달, 큰 별과 작은 별, 산과 내, 산마루와 언덕 등을 없다고만 할 수 없는 것이다. 그러나 이것들도 역시 가득 참과 빔, 없어짐과 생겨남, 닫힘과 열림, 통함과 막힘 등 순환하는 그 쉼 없는 변화를 면할 길이 없다. 이 모든 것들이 상대적인 음과 양의 이치 때문에 벌어지는 일이니, 큰 것이 그럴진대 나머지 작은 것들이야 말해서 무엇하겠는가? 이 음양의 이치를 벗어난 것이 하나라도 있을 수 있겠는가?

그렇다면 사람과 사람이 상대하는 지경地境, 곧 터라는 것도 상대적인 음양의 이치에서 벗어날 수 없는 것이다. 터가 통하고자 하지만 사람됨이 무지 몽매하여 꽉 막힌 사람을 만나게 되면, 그 몽매한 어둠이 연기처럼 끼고 밝은 달빛조차 흐릿하게 가리니 근심하고 슬퍼할 뿐 마침내는 통할 수가 없게 될 것이다. 또 반대로 사람은 활연히 트였으나 터가 아주 외지고 꽉 막혀 있다면, 아무리 높고 뛰어난 인재들이 있을지라도 찾아올 수가 없으니 그 누가 거기에 통인이 있는 줄을 알겠는가?

지금 이 집은 터가 이미 통하였고 또한 통인이 살고 있으니 어찌 통通으로 이름을 짓지 않으랴. 비록 그가 이 이름을 분수에 넘치는 것이라 하며 받지 않으려고 하지만, 이치가 그러한데 어찌 이 이름을 피할 수만 있겠는가?

또 천지의 운행은 공평무사한 것인데 어찌 그에게만 이 선경仙境 같은 터에 청수한 물과 돌과 꽃과 나무 등을 사사로이 주었겠는가? 이것은 살펴보건대 오랜 시간 온 마음을 기울인 그의 고안으로부터 이루어진 것이라고 볼 수 있다.

만일 그렇다면 저 무르익은 꽃과 향기로운 풀이 하늘에서 받은 것이 아니라 그의 손에서 받은 것이요, 푸른 우물과 맑은 샘은 땅에서 나는 것이 아니라 진실로 그의 마음에서 나는 것이 아니겠는가?

아, 내가 잘 알 수는 없지만, 이 집이 옛날 다른 사람의 소유일 때에는 땅이 메마르고 정원이 황폐하였을 것이며, 풀은 거칠고 나무는 늙어서 모든 경치가 가려져 있었을 것이다. 그러다가 그를 만난 다음에야 비로소 신선의 별장 같은 선경이 되었을 것이다. 가령 그가 이곳을 버려 두고 살지 않든가 다른 사람의 소유가 된다면, 또 어찌 돼지 구유와 마소의 외양간 같은 땅이 되지 않는다고 장담할 수 있겠는가?

그가 또 기記를 지어 달라고 부탁하므로 눈으로 본 것을 더듬어 적는다. 그는 매우 협기를 숭상하여 남의 급한 일 돕기를 좋아하니 함께 더불어 놀지 않을 수 없는 사람이다.

— 通齋記통재기

이인로李仁老(1152~1220) 고려의 문인. 호는 쌍명재雙明齋. 명종 10년에 등과하여 직사관直史館으로부터 여러 벼슬을 역임했다. 저서로 『은대집銀臺集』, 『쌍명재집雙明齋集』이 있었다 하나 전해지지 않고, 『파한집破閑集』이 현재까지 전해지고 있다.

출전 : 『파한집』

먹을 만들고 나서

붓, 벼루, 종이, 먹은 이른바 문방사보로서 모두 선비와 가까운 벗이요, 없어서는 안 되는 아주 요긴한 보배라 할 수 있다. 그중에서도 먹을 만드는 것이 가장 어렵다.

그렇지만 서울이란 곳은 온갖 보배로운 것들이 다 모이는 곳이기 때문에, 먹 같은 것도 어렵지 않게 구할 수가 있다. 그래서 먹이 얼마나 귀한지 짐작도 못하고 귀하게 여기지 않는다.

내가 원(현, 목, 군 등 지방행정 단위의 으뜸 벼슬)이 되어 맹성(지금 평안도 맹산)에 있을 때의 일이다.

도독부로부터 궁궐에서 쓸 먹을 5천 개나 만들어 올리라는 급한 공문을 받았다. 늦어도 봄까지는 다 만들어 바쳐야 한다는 것이었다. 기한이 너무나 촉박하여 급히 공암촌으로 달려가 백성들을 다그쳐서 송연(소나무를 태워 만든 그을음. 먹의 재료) 백곡 (일 곡은 열 말)을 채취하게 하고, 우수한 기술자들을 모아 내가 직접 감독하고 독려하여, 다행히도 간신히 두 달 만에 그 일을 모두 끝마칠 수 있었다.

그러고 나니 옷은 말할 것도 없고 얼굴을 비롯한 온몸이 온 통 그을음투성이가 되어 정녕 깜둥이가 된 것 같았다. 온통 새 카만 그을음을 닦느라 고생한 뒤에야 다시 맹성으로 돌아올 수 있었다.

그 뒤로 먹을 보기만 하면 비록 그것이 한 치도 안 되는 토막 일지라도 천금처럼 귀중하게 여겨져서 감히 소홀하게 할 수 없 었다. 그리고 이런 일을 겪고 난 뒤에야 종이 한 장, 붓 한 자루, 벼루 한 개 등이 모두 그와 같은 힘든 과정을 거쳐서 만들어진 다는 걸 비로소 깨닫게 되었다.

그래서 옛 사람들은 이신(당나라 시인)이 농사일을 불쌍히 여 겨 쓴 시라는 뜻의 「민농시憫農詩」 구절, '쟁반 위의 밥은 알알 이 모두 고생 덩어리라는 것을 뉘 알리오.'라는 것을 보고, 참으 로 어진이의 말이라고 했던 것이다. 내가 처음 맹성의 원이 되 어 절구 한 수를 지은 것이 있기에 여기 소개한다.

치천(진나라 갈홍의 자)이 백운白雲 가에서 허리에 인끈을 차고

손으로 단사丹砂를 캐어 신선을 배우려 하도다.

스스로 웃나니, 글씨 쓰는 습관이 그대로 있어

좌부(원으로 부임할 때 내리는 신표)를 차고도 먹 만드는 것을 관장

하도다.

숲속의 제호새

　조역락이 원이 되어 양주(지금 경상도 양산)로 부임하러 갈 때, 나와 친구인 함자진이 이른 새벽을 무릅쓰고 천수사라는 절에 가서 전송하려고 하였다.

　그런데 뜻하지 않게 역락이 친구들에게 붙잡혀서 정오가 지나도록 오지 못했다. 멀리 떠나가는 그를 아쉬워하는 여러 친구들이 작별하면서 주고받는 구구한 정담이 너무 길어졌기 때문이었다.

　나와 자진은 어쩔 수 없이 산기슭을 이리저리 거닐며 시간을 보낼 수밖에 없었다. 그러다가 눈을 들어 보니 숲속에 작고 정갈한 느낌을 주는 암자 하나가 보였다. 우리 두 사람은 잠시 쉬기로 작정하고 그 암자로 찾아 들었다.

　스님은 어디에 갔는지 보이지 않았다. 사위가 조용하고 오랫동안 인적이 끊어진 듯해서, 그야말로 속세의 때를 말끔히 씻어내고 지낼 만한 곳이라 여겼다.

　나는 하릴없이 주인을 기다리다가 문득 담묵빛 글씨로 승방의 문짝 한 구석에다 시 한 수를 무심히 써 두었다.

　그 시는 이렇다.

　　손님을 기다리나 손님은 아니 오고
　　스님을 찾아도 스님은 보이지 않아
　　오직 숲속에 제호새만 남아서
　　간곡하게 제호제호 하고 우는구나.

　그 뒤로 이러구러 20여 년의 세월이 흘렀다.

　어느 날 자진의 집에서 한 스님을 만났는데, 풍채가 출중하고 범상치가 않았다. 그런데 그 스님이 내게 읍하면서 말하는 것이었다.

　"일찍이 아름다운 시편을 보여주신 은총을 입고 이제야 사례를 드리게 되었습니다."

　내가 무슨 말인지 얼른 헤아리지 못하고 머뭇거리고 있자, 그 스님은 20여 년 전에 내가 지은 시를 외우고 나서 말했다.

"제가 그 암자의 주지승이었습니다."

비로소 그때의 일을 상기하고서 함께 껄껄 웃었다.

가집家集에 붙여 써 둔다.

청학동

지리산은 다른 이름으로 두류산頭留山이라고도 부른다.

이 두류산 줄기는 처음에 북쪽의 백두산으로부터 시작하여 남으로 그 머리를 두르고 내려가는데, 꽃 같은 봉우리와 꽃받침 같은 골짜기들이 수도 없이 끊이지 않고 이어지다가 종내는 대방군(지금 전라도 남원)에 이르게 된다. 산줄기가 수천 리를 서리고 틀어 얽히면서 내려가기 때문에, 그 산 주위를 둘러싸고 있는 지방만 해도 큰 것으로 10여 개 주州나 된다. 그러므로 그 끝 경계까지 가려고 한다면 빨라도 열흘에서 한 달은 걸리게 된다.

옛날 노인들의 입에서 입으로 전해 내려오는 이야기는 이렇다.

"두류산 속 어딘가에 청학동靑鶴洞이 있는데, 거기에 이르는 길은 한 사람이 겨우 지나갈 만큼 좁다. 산세가 험준하여 기어가듯 해서 수십 리를 가야만 비로소 평평하고 드넓은 곳에 다다르게 된다. 그 평지의 땅은 모두 기름지고, 밭을 일구어 경작하기에 더없이 좋으니 참으로 낙원이라 할 만하다. 그런데 그 안에 오직 푸른 학, 곧 청학만이 살고 있어서 청학동이라고 한다."

이곳은 대개 옛날에 뜻을 품고 숨어 지내던 사람들이 살던 곳이라, 아직도 허물어진 담과 무너진 구덩이가 가시덤불 속 빈 터에 그대로 남아 있다. 그전에 나는 한때 사촌형 최상국과 함께 세상의 인연을 끊고 은둔생활을 하기 위해 길을 떠날까 하는 생각을 했었다. 그래서 이 청학동을 찾아가기로 약속하고, 소 두세 필에 대오리로 엮어 만든 농짝을 싣고 들어가 속세와 연락을 끊으려고 했다.

드디어 청학동을 찾아 길을 떠났다.

화엄사를 지나 화개현까지 이르는 먼 길을 걷다가 신흥사에서 묵었다. 지나는 곳마다 선경이 아닌 곳이 없었다. 깊은 산의 수많은 기암절벽이 다투어 솟아 있고 수많은 골짜기의 물들이 다투어 흐르며, 대나무 울타리와 뗏장 지붕의 집들이 복숭아꽃 살구꽃에 울긋불긋 어른거려 진실로 인간이 사는 곳이 아닌 듯했다.

　그러나 청학동이라고 부르는 곳은 끝내 찾을 길이 없었다.

　결국 나는 바위에 이런 시만 남기고 돌아왔다.

　　두류산은 높고 저녁 구름은 낮아

　　수많은 골짜기와 솟아 있는 바위들이 회계산(중국의 명산)과 같
도다

　　지팡이 짚고 청학동을 찾고자 하나

　　숲이 가려 부질없이 흰 원숭이 울음만 듣는구나

　　누각이 아득하니 삼산(중국의 명산. 이태백의 시로 유명함.)이 멀고

　　이끼가 끼니 넉 자 글씨가 희미하구나.

　　묻노니 선원仙源이 어느 곳이뇨

　　낙화유수가 사람을 어지럽게 하는구나.

　어제 우연히 『오류선생집』(진나라 시인 도연명의 문집)을 읽다가
「도원기桃源記」가 있어 반복하여 읽어 보았다. 대개 진나라 사
람들이 난리를 피해 처자를 이끌고서, 겹겹이 물길이 감돌고
깊은 골짜기와 험한 절벽이 가로막아 아무도 쉽게 찾을 수 없
는 곳으로 들어가 살았다. 그런데 어느 날 한 어부가 요행으로
그곳을 한 번 찾아갔지만, 길을 잃어버려 다시 찾을 수가 없었
다는 이야기다.

이 이야기는 뒷날 온갖 색깔로 아름답게 꾸며 그림을 그리고 시로 읊어졌기 때문에, 바로 그곳이 신선들이 사는 도원경으로 여겨졌던 것이다. 이것은 그 기록을 잘못 읽었기 때문이다. 도화원桃花源은 생각해 보건대 바로 청학동과 다름없는 곳이다. 어찌 유자기(진나라의 선비. 도원을 찾으려다가 못 찾았음) 같은 선비를 데리고 가서 찾을 수 있겠는가?

서호의 신선

서울에서 서쪽으로 십 리쯤 가면, 물이 맑고 푸르러 바닥까지 환히 비치는 서호가 있다. 멀리 바라보이는 산과 골짜기는 마치 하늘과 맞닿은 듯하여 정말 소황蘇黃(송나라 시인 소동파와 황산곡)의 문집에서 이야기하는 서홍(중국 지명)의 수려한 기세와 다를 바가 없다.

선비 노영수는 뛰어난 재주가 있고, 또 멋을 아는 사람이다. 어느 날 해 질 무렵, 그는 조각배에 몸을 싣고 물결 흐르는 대로 따라 내려가다가 호숫가에 있는 절에 가서 묵으려고 생각했다. 중간쯤 흘러가서 길게 휘파람을 불다 문득 무엇인가 느끼는 것이 있어 소리 높여 읊었다.

"바람이 솔솔 불어 역수易水(중국 강 이름. 이 구절은 연나라 태자의 명으로 진나라 왕을 죽이러 가는 자객이 태자와 이 강에서 헤어지며 부른 노래)는 찬데, 외로운 배는 홀로 가는구나."

이를 받아주는 사람이 없자, 그가 탄식하며 고개를 숙였다.

그런데 문득 노을빛이 물든 갈대숲 속에서 응답해 왔다.

"저녁놀이 어둑어둑하고 초나라 하늘은 넓고 넓은데 나그네는 어디로 가는고."

그가 놀라 어찌할 바를 모르다가 다시 입을 열어 소리쳤다.

"그대는 누구인가? 여기는 사람이 살지 않으니 분명 신선임에 틀림없으리라."

그는 노 젓기를 멈추고 그 자리에서 한동안 떠나지를 못했다. 밤은 이슥해 가고 사방은 괴괴하여 사람의 소리는 들리지 않았다. 오직 지는 별과 이지러진 달이 물결에 거꾸로 비치고 있을 뿐이었다.

다음날, 서울 장안에는 하늘에서 신선이 내려와 서호에서 놀고 갔다는 소문이 파다했다.

그 후 달포가 지나자, 이번에는 과거에 급제한 유수라는 선비가 고기잡이배에서 밤을 지냈다고 한다.

해와 달 같은 문장

　세상의 일 중에서 빈부나 귀천으로 그 높고 낮음을 정할 수 없는 것이 오직 하나가 있으니 그것은 바로 문장이다.

　훌륭한 문장은 마치 해와 달이 하늘을 아름답게 수놓고 구름과 안개가 광대한 허공에서 모이고 흩어지는 것과 같아서, 눈이 있는 사람이라면 그것을 보지 않을 수 없고 그것을 가릴 수도 없다. 그러므로 거친 베옷을 입은 가난한 선비라 할지라도 문장이 훌륭하면 넉넉히 무지개처럼 찬란한 빛을 드리울 수가 있는 것이다.

　조맹(춘추시대 진나라 귀족)의 부귀함이야 그 세도가 나라를 넉넉하게 하고 집안을 풍족하게 하는 데에 부족함이 없었다. 그러나 그의 문장은 칭찬할 수가 없다.

그러므로 문장은 일정한 가치를 지니고 있기 때문에 부귀로써 그 가치를 낮추어 훼손할 수 없다고 말하는 것이다. 그래서 구양수(송나라 문인)도 말했다.

"후세에 진실로 문장을 평가하는 데에 있어서 공정하지 못하다면 지금까지도 성현은 없었을 것이다."

오세재는 재주 있는 선비이기는 하지만 과거시험에 여러 번 낙방했다. 그런 그가 갑자기 눈병을 얻고 이런 시를 지었다.

늙음과 질병이 서로 따르니
마지막 나이의 가난한 선비로다
눈망울은 비침을 가리는 게 많고
눈동자는 빛나지 않는다
등잔 앞에서 글자 보기가 두렵고
눈 온 뒤 달무리 보기 부끄럽다
금방金榜(과거급제자 명단을 적어 붙인 글)이 끝남을 기다리다가
눈을 감고 앉아 기회를 잊는도다.

오세재는 세 번이나 장가를 들었지만 바로 버렸으므로, 아내도 자식도 없고 송곳 꽂을 만한 땅뙈기도 없었다. 그래서 밥 한 그릇, 물 한 모금도 제대로 이어갈 수가 없었다. 나이 50에야 겨

우 과거에 급제했으나 동도(지금 경주)에서 객사했다. 그러나 그
가 이렇게 처참한 가난 속에서 살다가 쓰러졌다고 해서 어찌
그의 훌륭한 문장까지 버릴 수야 있겠는가?

조대가 범저를 몰라보다

황빈연이 과거시험에 합격하기 전에 두서너 친구들과 함께 단주(지금 경기도 장단)에 있는 감악사라는 절에서 공부하고 있을 때였다.

동각 김신윤(고려 의종 때의 좌간의대부)은 당시 널리 알려진 명사였는데, 하루는 술에 많이 취하여 미치광이 같은 소리를 함부로 발설하는 바람에 당시 임금의 총애를 받고 있던 신하들의 비위를 거슬러 놓고 말았다. 그래서 그는 슬그머니 궐문을 나와 빈연이 머물고 있던 감악사에 이르렀다.

하룻밤 묵기를 청하며 그가 말했다.

"이 노병은 고향으로 돌아가려고 하오니 하룻밤 묵어 가기를 청하나이다."

빈연은 그의 늙고 지친 몰골을 보고 불쌍히 여겨 묵어 갈 것을 허락했다.

그런데 그가 하루 종일 침상 아래 앉아서 한 마디 말도 없다가, 문득 화젓가락을 들고 화로의 재에 글자를 그리고 있으므로 좌중이 모두 눈짓을 하며, "이 늙은이가 문자를 아네."라고 수근거렸다.

이튿날 아침에 그의 아들 온기가 이미 과거에 급제하여 종 두세 사람을 거느리고 술통을 지고 찾아와서 물었다.

"어제 가친께서 성문을 나오셔서 이곳으로 오셨는데 지금 계십니까?"

빈연이 대답했다.

"다만 한 노병이 와서 묵고 있습니다만, 어찌 그분이 김동각일 리가 있겠습니까?"

이 말을 들은 온기가 곧 뛰어 들어가서 뜰아래에 엎드려 절하므로, 빈연은 비로소 그가 동각임을 알고 그도 땅에 엎드려서 무례함과 부끄러움을 사과하였다.

동각은 웃으면서 말했다.

"조대措大(청빈한 선비)로서 어찌 범저范雎(위나라 사람으로 재상에게 곤욕을 당하고 진나라에 가서 성명을 바꾸고 재상이 됨)가 이미 진나라에 가서 재상이 된 것을 알 리가 있겠는가?"

일행은 함께 북쪽 봉우리에 올라가서 소나무 밑 바위에 자리를 잡고 술을 마시며 아주 즐겁게 놀았다. 이 자리에서 동각은 좌중에게 송松과 풍風이라는 두 글자를 주고 그것으로 운韻을 삼아 시를 지어 보도록 했다.

그들이 지은 글 구절은 각기 다음과 같다.

검은 원숭이의 휘파람 소리 끊어 보내고
흰 학이 날아오는 것을 흩날려 주도다. (빈연)

베개에 비스듬히 누운 나그네 시끄러움을 싫어하고
나무를 줍는 아이 추위를 두려워하도다. (종령)

고사姑射(바람과 이슬을 마시고 사는 선녀)가 마시는 바람이 차고
초대楚臺(초나라 왕이 누대에서 불어오는 바람이 시원하다고 하니, 송옥
이 대왕의 씩씩한 웅풍의 바람이라 함)의 웅풍雄風이 서늘하도다.
(무명)

학이 추우면 잠을 자기 어렵고
중이 선정에 들면 홀로 귀머거리 같도다. (동각)

이날 저녁에는 동각이 지나치게 술을 마시려 했다.

빈연이 그 앞에 엎드려 문하에서 공부하기를 청하였더니, 동각이 수개월을 머물면서 『전한서前漢書』를 함께 독파한 후에 돌아갔다.

선비들이 오늘날까지도 그것을 이야깃거리로 삼고 있다.

작별의 멋

신종 7년에 나는 원이 되어 맹성(지금 평안도 맹산)에 있었다. 이때 나의 아들 아대는 진동(지금 전라도 진산)의 원으로 부임하게 되었다.

내 친구 이담지가 역시 내 친구인 함자진에게 이렇게 말했다.

"이옥당(이인로)의 아들이 남쪽 고을의 원으로 임명되어 떠나게 되었는데, 그의 아버지는 멀리 맹성에 있으니 우리 둘이 함께 가서 전송합시다."

이에 함자진도 동의하여 각기 자기 아들들을 데리고 천수사 서쪽 봉우리로 갔다. 바닥에 자리를 깔고 일행이 둘러앉아서 작별 인사를 나누며 가지고 온 술잔을 돌렸다. 술이 여덟, 아홉 순배쯤 돌아가자 함자진이 자기 아들 범랑에게 시라도 한 수 지어서 떠나는 사람과 작별의 정표를 나누는 것이 어떠냐 하니, 범랑이 즉석에서 한 소절 읊었다.

"돌아가는 길에 단풍나무가 우뚝우뚝 섰는데."

아대도 즉시 이것을 받아서 화답하였다.

"고국의 푸른 산은 점점 멀어지도다."

해가 서산에 뉘엿뉘엿 기울어져서야 서로 섭섭하게 헤어졌다.

나의 아들 아대가 부임지 진산에 도착하여 천수사에서 거행된 작별의 장면을 처음부터 끝까지 소상하게 적어서 머나먼 맹성에까지 부쳐, 내가 직접 받아 보게 되었다. 그 글을 읽고 나서 나는 참으로 흐뭇한 웃음을 금치 못했다. 나뿐만 아니라 옆에서 심부름하는 아이들과 아전들까지 즐거워하지 않은 이가 없었다.

그립던 서울의 산천, 그 정다운 벗들이 웃으며 주고받는 이야기, 작별하는 자리에서 서로 주고받는 술잔 등 그 모습들이 역연하게 눈앞에 그려져서, 모처럼 홀로 떨어져 있는 시름과 객지의 서글픈 마음이 마치 끓는 물에 눈 녹듯 사라졌다. 이뿐만 아니라 수염과 구렛나루가 한두 줄기 되검어지는 듯 느껴져 마음이 한결 가볍고 상쾌했다.

결국 연월일을 적어 이 기쁨을 적어 둔다.

예쁜 계집종을 소와 바꾸다

　나의 친구 함자진이 원이 되어 관동지방에 나가 있을 때의 일이다.

　그에게는 아주 예쁘고 자색이 뛰어난 계집종이 하나 있었다. 그런데 그의 부인 민씨는 성질이 사납고 시기와 질투가 아주 심한 여인이었다. 민씨는 혹시 남편이 그 예쁜 계집종에게 빠질까 걱정이 되어, 평소 남편에게 절대로 그 계집종을 가까이하지 말라고 당부했다.

　자진은 부인을 안심시키며 가볍게 대꾸했다.

　"그야 힘든 일이 아니니 부인은 너무 걱정하지 마시오."

　그러나 그 계집종과 함께 한 집에 지내게 되면 아내의 의심이 쉽게 풀리지 않을 것은 번한 이치였다. 그래서 그는 생각하던 끝에 그 고을에 사는 사람의 소와 계집종을 바꾸어 버렸다. 이렇게 해서 그는 소를 기르게 되었고 계집종은 남의 집에서 살게 된 것이다.

나는 이 이야기를 듣고 너무나 우스워서 이것을 풍자하는 시 한 수를 지었다.

호수의 꾀꼬리(여인을 상징) 날아가더니 돌아올 줄 모르고
원도園桃와 항류巷柳(원도와 항류 모두 예쁜 기생 첩. 당나라 한유의 시에서 유래)는 어디 있는고
난간에는 검은 모란(소의 다른 이름. 여기서는 계집종과 바꾼 소)뿐이로구나.

함자진과는 오랫동안 왕래가 없어서 이 시를 보여줄 기회가 없었다.

그 후, 이러구러 20여 년이 지나갔다.

함자진이 새로 도홍정리라는 마을로 이사를 와서 살게 되었다. 내가 사는 집도 바로 이 마을이었기 때문에 이제는 자연스럽게 서로 왕래를 하게 되었다.

하루는 함자진이 나를 보고 그동안 써 두었던 시고詩稿를 보여 달라고 하기에 시 한 편을 보여 주었다. 그는 시를 반쯤 읽어

가다가, "친구가 부인의 강요로 첩을 소와 바꾸다"라는 제목을 보자 깜짝 놀라면서 정색하고 물었다.

"대체 이게 누구요?"

"그 누구는 바로 공이 틀림없소이다."

그는 잠시 머뭇거리다가 은근한 말투로 이렇게 말했다.

"틀림없이 그런 일이 있었습니다. 그러나 집 안에서 한때 일어난 작은 장난일 뿐입니다. 조롱하면서 심하게 평하는 것은 옳지 않지만, 또 이런 일이 없다면 만고에 빛나는 선생 시의 명성을 무엇으로 도와드릴 수 있겠습니까?"

그의 부인 민씨는 함자진보다 먼저 세상을 떠났다. 그러나 그는 홀아비로 8년을 지내면서 조금도 여자를 가까이하지 않았으니 그야말로 독실한 군자라 할 만하다.

한 편의 시

초당草堂에서 맞는 가을
야삼경 오동잎에 내리는 비여
베갯머리에 나그네는 잠 못 이루는데
창밖 벌레소리 소슬하도다
짧은 잔디 풀에 물방울들 번뜩이고
차디찬 잎새에 뿌려지는 맑은 기운이여
내게도 그윽한 정취가 있나니
오늘밤 그대가 느끼는 정을 알겠노라.

이것은 학사(한림원. 집현전. 홍문관 등의 한 벼슬) 인분印汾이 지은
시이다. 진실로 그의 이름이 해동에 널리 떨쳐진 것은 바로 이

시 한 편 때문이다.

내가 옛날에 계양부(지금 부평군 소관 지역)에서 관리로 일하고 있을 때이다.

하루는 배를 저어 공암현(지금 김포군 소관 지역)에서 행주의 남쪽에 있는 호수까지 간 일이 있었다. 배에서 내려 뭍으로 올라가 주위를 둘러보니, 한쪽에 언덕이 있는데 마치 그 모양이 버섯 같았다. 언덕 기슭에는 소나무와 삼나무가 빽빽했다. 그 나무들 사이로 옛 집터 하나가 보였는데, 아직도 무너진 담장이 남아 있었다. 지나는 사람들이 모두 이것을 가리키며 말했다.

"저곳이 옛날 인공印公이 지내던 초당의 터다."

나는 다시 배를 타고 떠날 준비를 마쳤는데도 차마 그 자리를 떠날 수가 없었다. 알 수 없는 소회가 나를 붙들어 하릴없이 휘파람을 불면서 이리저리 거닐었다. 그러다가 문득 지금은 보고 싶어도 볼 수 없는 그가 몹시 그리웠다.

그래서 작은 오솔길을 따라 소화사小華寺까지 오른 다음, 남쪽에 있는 누각에 올라가 보았다. 한쪽 벽의 위쪽에 낡은 편액이 있어서 자세히 보니 시 한 편이 적혀 있는데, 이끼가 얼룩덜룩 끼어 있어서 먹 자국을 따라 겨우 글자를 알아볼 수 있었다. 좀 더 가까이 다가가서 살펴보니 그 시는 바로 인분이 쓴 것이었다.

파초 잎 우는 소리 성긴 갈대 발 너머 들리니
산에 비 내리는 소리를 알겠고
돛대가 산봉우리 위로 솟아 보이니
바다 바람이 부는 것을 보겠노라.

　나는 이 시를 읽고 다시 한 번 그의 시재詩才가 범상치 않음
을 느꼈다.
　과연 세상에 이름을 떨친 그 명성 아래 헛소문이 난 선비가
없다 할 것이다.

김유신과 기생

　김유신은 계림 사람이다. 신라를 위해 많은 업적을 세웠기 때문에 국사에 그의 혁혁한 기록이 실려 있다. 김유신의 어머니는 김유신이 어릴 때부터 엄하게 훈계하여 함부로 아무나 사귀어 놀지 못하게 했다.

　그런데 어느 날 그는 우연히 기생집에서 자고 말았다. 어머니가 그것을 알고 크게 꾸짖어 말했다.

　"나는 이미 늙었다. 나는 네가 성장하여 공명을 세우고 임금과 어버이를 위해 충성과 효도를 다하여 영예롭게 되기를 밤낮으로 빌었다. 그런데 이제 네가 백정 같은 천민의 자식들과 함부로 어울려서 놀고 기생집과 술집을 드나들며 놀아나고 있단 말이냐?"

이렇게 말하고 흐느껴 울었다.

그는 어머니 앞에서 다시는 그 기생집 문앞을 지나가지도 않겠다고 맹세했다.

그런데 어느 날 술에 취해서 집으로 돌아오는 길에, 타고 있던 말이 전날 갔던 길을 따라 기생의 집 앞까지 가게 되었다. 기생은 기쁨과 원망이 뒤섞인 얼굴을 하고 나와 반기면서 눈물을 흘렸다.

그러나 그는 어머니의 간곡한 말씀을 생각하고, 즉시 칼을 빼어들어 말의 머리를 베어 버렸다. 그리고 안장까지 버린 채 곧장 집으로 돌아갔다.

기생은 이 놀라운 광경을 보고 그를 원망하면서 「원사怨詞」라는 노래를 지어 전했다.

동도(지금 경주)에 있는 천관사天官寺가 바로 그 기생의 집이다.

이 일을 두고, 일찍이 정승의 벼슬을 지낸 이공승이 동도에서 서기로 일하고 있을 때 이런 시를 지었다.

천관사란 절은 옛날 사연이 있나니
홀연 그 사연 들으니 마음이 처연하구나
다정한 공자는 꽃 밑에서 노니는데

원한 품은 가인佳人은 말 앞에서 울도다
말은 다정하여 오히려 길을 아는데
마부는 무슨 죄로 부질없이 채찍인가
이제 오직 한 가락 절묘한 노래만 남아
달과 함께 잠들어 만고에 전하도다.

한 기생의 수난

　남주南州의 관기官妓에, 자색이 아주 아름답고 기예가 뛰어난 한 기생이 있었다. 그 고을의 어느 군수가, 그 이름은 지금 잊어버렸지만, 그 기생에게 푹 빠져서 두터운 정을 주며 매우 사랑했다.

　그런데 군수의 임기가 다 되어서 서로 이별하게 되었다. 이별의 술자리에서 그는 제 정신이 아닐 정도로 대취하여 옆에 앉아 있는 사람들에게 말했다.

　"만약 내가 이 고을을 떠나 몇 걸음만 걸어가도 이 계집은 바로 다른 놈의 차지가 되고 말겠지."

　그러고는 곁에 있던 촛불로 기생의 양 볼에 상처를 내고 말았다.

그 뒤에 영양 사람인 정습명이 안찰사로 지나가다가 촛불로 얼굴을 상한 그 기생을 만나게 되었다. 얼굴이 흉해진 내력을 듣고 나서 섭섭하고 원망스럽고, 또 그 여인이 불쌍하게 여겨져 손수 시 한 편을 써 주었다.

여러 꽃떨기 속에 어여쁜 모양 산뜻한데
홀연히 광풍이 불어 붉은빛을 덜었도다
달수(수달 뼈 속의 기름. 옥가루를 섞어 바르면 흉터가 없어진다는 말이 있음.)로도 고칠 수 없으니
오릉공자五陵公子(부호가의 자제)를 끝없이 한스럽게 하는구나.

그리고 또 부탁하여 말했다.

"만약 뜻 있는 사람이 지나가거든 이 시를 내어 보여 주어라."

기생이 그가 가르쳐 준 대로 하였더니 그 시를 보는 사람마다 불쌍히 여겨 다 도와주며, 이 도움의 소문이 정습명의 귀에 들어가도록 애썼다는 것이다.

이로 인해서 그 기생은 처음보다 배나 부유하게 되었다.

화가 이영의 그림

서울 동쪽에 있는 천수사는 서울 입구인 동문으로부터 일백 보쯤 떨어진 곳에 있다. 뒤에는 연이은 산봉우리들이 병풍처럼 둘러쳐 있고 앞에는 탁 트인 들판이 펼쳐져 있는데, 그 들판으로 개울물이 쏟아져 흐르고 있었다. 계수나무 수백 그루가 좁은 길에 그늘을 짓고 있어서, 강남에서 서울로 오는 사람들은 반드시 그 그늘 밑에서 쉬게 마련이다.

게다가 수레바퀴와 말발굽 소리가 시끄러울 정도로 오가는 사람들의 왕래가 복잡하다. 또 어부의 뱃노래 소리와 나무꾼들의 피리 소리가 끊이지 않는가 하면, 한편으로는 울긋불긋하게 단청을 한 화려한 누각들이 소나무와 삼나무 사이로 연기와 안개 속에서 반쯤 드러나 보인다.

왕손과 귀공자들이 진주와 비취로 화려하게 꾸민 미희와 기생들을 거느리고 생황의 반주에 노랫소리로 손님들을 영접하고 배웅하는 것은 반드시 천수사의 이 절문에서 행해졌다.

이 천수사를 그린 유명한 그림 이야기가 있다.

옛날 예종(고려 16대 임금) 때의 화가 이영李寧은 특히 산수화를 잘 그렸다. 그가 일찍이 천수사를 그림으로 그려서 송나라의 장사꾼에게 부친 일이 있었다.

그후 꽤 오래 뒤에 송나라 상인에게 왕이 명화를 구하자 상인은 바로 이영의 산수화를 바쳤던 것이다.

왕이 여러 화가들을 불러 놓고 그림을 보였는데, 그때 이영도 그 자리에 있었다. 이영이 그림을 보고서는 앞으로 나아가 아뢰었다.

"이것은 신이 그린 천수사의 남문 그림입니다."

왕은 깜짝 놀라며 그림의 뒷면을 뜯어 보라고 했다. 뜯어 보니 과연 자세하게 그림의 내력을 적은 기록, 곧 지誌가 있었는데, 그것은 이영이 그린 그림에 틀림이 없었다.

이런 일이 있고 난 뒤에야 비로소 그가 명화가였다는 것이 세상에 알려지게 되었다.

원효의 무애

옛날에 원효 대성元曉大聖은 백정이나 술장수 같은 시중의 잡배들과도 아무 거리낌 없이 어울리며 지냈다.

어느 날에는 목이 굽은 조롱박을 어루만지며 노래하고 춤을 추었다. 그러고는 그 노래와 춤을 무애無碍라 하였다.

이런 일이 있은 후 일을 만들기 좋아하는 호사가들이 조롱박에다 금방울을 달고 여러 색깔의 비단 천을 그 밑에 드리워 장식해 가지고는, 그것을 두드리며 음절에 맞추어 앞으로 나아갔다 뒤로 물러났다 하는 춤을 추었다.

그리고 이 춤을 추면서 경론(부처의 말씀을 적은 경과 그것을 해석한 논)에서 게송(부처의 깨달음을 내용으로 한 노래)을 따다가 만든 무애가無碍歌라는 노래를 지어서 불렀다. 밭을 가는 노인까지도 이 노래를 부르고 춤추며 유희를 삼았을 정도로 당시에는 널리 보급되었다.

무애지국 스님이 일찍이 이것을 평하였다.

"이 물건은 오래도록 무용無用, 곧 '쓸모 없음'으로 썼지만, 옛 사람들은 오히려 이것을 불명不名, 곧 '이름할 수 없음'으로 이름을 하였다."

근래에는 또 깊은 산중에 사는 도인 관휴가 이런 게송을 지었다.

> 두 소매 자락을 휘두르는 것은 이장二障(번뇌의 장애와 지식·견해의 장애)을 끊었기 때문이요
> 세 번 발을 드는 것은 삼계(욕계, 색계, 무색계)를 건넜기 때문이다.

이러한 말들은 모두 깊은 진리를 그 조리에 따라 표현한 것이다. 나도 역시 그 춤을 보고 다음과 같은 시를 지었다.

> 배는 가을 매미 같이 비었고
> 목은 여름 자라 같이 굽었도다
> 그 굽은 것은 사람을 따를 수 있고
> 그 빈 것은 물건을 담을 만하다.

꽉 막힌 돌에도 앞으로 나아가고

크게 뚫린 구멍에는 웃음으로 물러나도다

한상韓湘(당나라 사람으로 신선이 되었다 함)은 이렇게 세상에 숨었고

장자는 이렇게 강호를 떠나녔도다

누가 이름을 지었는가, 소성거사小性居士(설총을 낳은 뒤 원효의 자칭)요

누가 찬을 했는가, 농서(중국 지명)의 타이駝李(헛된 짓을 한 이씨라는 뜻의 고사를 빌어 이인로 자신을 낮추어 부른 말)로다.

補閑集卷上

孫知樞朴以太祖聖製示予曰宜藏

集瑣言為遺閑耳非撰盛典也知樞

訓可乎聞之蹴然載諸編首太祖嘗

意陰陽浮屠雜謀崔瀣諫云傳曰

王者雖當軍旅之時必修文德未聞

天下者太祖曰斯言豈不知之然

在荒僻土性好佛神欲資福利方今

決旦夕惴惶不知所措唯思佛神陰

致於姑息耳崔以此為理國得民之大

최자崔滋(1188~1260) 고려 문인. 호는 동산수東山叟. 문과에 급제하고 국학학유國學學諭에 이름. 이규보가 그를 인정하고 자신의 문필 후계자로 추천한 바 있다. 저서에 『가집歌集』은 전하지 않고 『보한집補閑集』만 전한다. 문학비평사에서 이인로와 함께 중요한 위치에 있는 인물이다.

출전 : 『보한집』

강감찬의 출생

강감찬은 대평(송나라 태종의 연호) 7년(고려 성종 원년)의 과거시험에서 갑과甲科에 장원으로 급제하였고, 현종 통화(글안 성종의 연호) 27년(고려 목종 12년)에 한림학사가 되었다. 그런데 이 해 11월에 글안의 성종이 직접 군사를 거느리고 이 땅을 침공해 들어왔다.

임금은 금성(지금 전라도 나주)으로 피난 가고 하공진을 시켜 글안군이 회군하도록 강화하게 하였다. 이렇게 해서 글안의 성종은 군사를 거두어 돌아갔다. 사실 이 모든 책략은 강감찬에게서 나온 것이었다.

임금은 강감찬의 묘책을 칭찬하여 시를 지어 위로했다.

그 시는 이렇다.

　경술년에 오랑캐의 난리가 있어
　적군이 한강가에 깊숙이 쳐들어왔네
　그때 강군의 계책을 쓰지 않았다면
　온 나라 모두 오랑캐가 되었으리.

　강감찬의 출생에 대하여 오늘날까지 세상에 전해 오고 있는 이야기가 있다.

　한 사신이 밤에 시흥군에 들어갔는데, 마침 큰 별이 어느 백성의 집으로 떨어지는 것을 보았다. 사신은 아전을 시켜 그 별이 떨어진 집을 잘 살펴보도록 명했다.

　그 집에서는 마침 부인이 해산을 했는데 아들이었다. 사신은 이것을 범상한 일이 아니라고 여기고 그 아이를 데려다가 길렀는데, 그 아이가 바로 강감찬이며 뒷날 정승의 자리에까지 오르게 되었다는 것이다.

　송나라 사신 가운데 학식이 매우 깊은 사람이 하나 있었다. 그가 강감찬을 만나고 나서 이렇게 말했다.

　"문곡성(문운을 주관한다는 별 이름. 문창성이라고도 함)이 사라진 지가 오래되었습니다. 그 별이 어디에 있는지 궁금해 했더니 오늘 뵈오니 공이 바로 문곡성이시군요."

그러고는 곧 계단 아래로 내려가서 공손하게 절을 했다고 한다.

이런 이야기는 매우 황당하지만 고금의 벼슬아치들이 서로 전하여 왔고 또 임상국 댁에 이런 기록이 있으므로 여기에 실어 두는 것이다.

문장과 인품만이 남는다

문헌공 최충은 두 아들을 두었는데 항상 아들을 훈계하며 이렇게 말했다.

"선비가 권세를 얻어서 출세하면 유종의 미를 거두기가 어렵지만, 글을 닦으며 학문을 쌓으면 경사스러운 일을 맞이하게 될 것이다. 나는 다행히 글로써 세상에 드러나게 되었고, 밝고도 맑은 처신으로 조심하여 살면서 한평생을 마치게 되었다. 너희들도 이것을 본받아서 삼가고 삼가라."

그리고 최충은 자손을 훈계하는 글을 지어 후세에 전했는데, 중간에 그 책은 잃어버렸고 오직 시 두 편만 남아 있다.

그 하나는 이러하다.

집에는 대대로 전하는 좋은 물건이 없으나
오직 지극한 보물 하나는 간직해 왔네
문장을 비단으로 삼고
덕행을 규장珪璋(귀한 옥. 고귀한 인품을 뜻함)으로 아는 것이네
오늘 내 간곡히 일러두니
후일에 길이 잊지 말아라
나라의 동량으로 잘 쓰인다면
대대로 더욱 번창하리라.

　문헌공의 손자인 중서령(고려 종일품 벼슬) 사추는 훈검문(검소한 생활을 훈계한 글)을 지어서 아들인 진에게 주었고, 진의 손자인 지는 그 훈검문을 내게 보여주기까지 했는데, 벌써 30여 년이 흘러서 그 내용은 모두 잊어버렸다. 오직 기억에 남는 것은 '우리 할아버지께서는 항상 목기만 쓰셨다.'라는 구절뿐이다.
　그 책이 지금 누구에게 전해졌는지 알 수 없다.

문생의 문생을 맞으니

　문생門生(과거시험을 관장하는 관리가 자기가 관장할 때 합격한 자들을
자기 문하에 두어 이들을 문생이라 함)이 종백宗伯(여기서는 과거시험을
관장하는 지공거 또는 학사를 뜻함)에게는 아버지와 아들 사이의 예
절을 갖추는 것이다.

　당나라의 배호는 세 번이나 지공거를 했다. 그의 문생 가운데
마윤손이라는 사람이 있었는데 이 사람이 또 과거시험을 관장
하게 되었다. 마윤손은 그 과거시험에서 새로운 문생을 얻자,
세 제자들을 데리고 스승인 배호를 찾아가 인사를 드리게 했
다. 배호는 기뻐하며 이런 시를 지었다고 한다.

세 번이나 과거를 맡아 보는 동안 내 나이 80이니
제자의 문하에서 또 그 제자를 보는구나

우리 조정 고려에서도 이런 예는 많다. 학사 한언국이 자기의
제자를 데리고 문숙공 최유청을 찾아뵈었다. 이때에 최유청은
이런 시를 지어 그들을 맞이했다.

줄을 지어 나를 찾아 주니 내게는 참으로 영광이구나
제자와 그 제자의 제자를 보니 더없이 기쁘구나

양숙공은 삼대에 걸쳐 임금의 장인이 되었고 또 벼슬이 재상
에까지 올랐다. 그의 문하생인 조문정공의 벼슬이 사성(유학을
가르치던 벼슬)이었기 때문에 과거시험을 관장하게 되었다. 따라
서 그에게도 새 문생이 생기게 되어 그 제자들을 거느리고 스
승인 양숙공을 찾아가서 인사를 드렸다.
이인로는 이런 시를 지어 그것을 축하했다.

십년을 황각(재상이 집무하는 관청)에서 태평성세를 이끌며
네 번이나 홀로 과거시험을 맡으셨네
국사(나라에서 가장 훌륭한 선비)는 국사가 알아보는 것이니
문생이 다시 그 문생을 얻는도다.

양숙공의 맏아들 경숙도 네 번이나 과거시험을 맡았다. 몇 해가 안 되어 그의 문생 중에 관직을 가진 사람이 십여 명이나 되었다. 그중에는 장군이 셋이나 있고 낭장郎將도 하나 있었다. 실로 예전에는 듣지 못하던 일이었다.

운각芸閣(서적을 보관하는 창고. 장서고 또는 독서당)의 학사 유경은 과거시험에 급제한 후 16년 만에 사마시(병마를 다스리는 관리를 뽑는 시험)를 관장했다. 이튿날 그는 문생을 데리고 스승을 찾아 갔다. 이때 경숙은 태사(임금의 고문)라는 벼슬을 마지막으로 물러나 야인으로 있었다. 그런데 양숙공 조카들 가운데는 두 명의 재상과 또 두 명의 추밀이 있고, 그 밖의 모든 사촌 동생들과 조카들도 역시 경대부가 되어 있었다. 이들이 양숙공의 문하생들과 함께 뜰 앞에 늘어서 있는데 바로 이때 유경이 그의 문하생을 데리고 들어와 뜰아래에서 인사를 드렸던 것이다.

경숙은 당상에 앉았고 바야흐로 음악을 연주하는 관리들이 주악을 울렸다. 이 광경을 보는 사람들이 모두 경탄하면서 마침내는 눈물을 흘리는 사람까지 있었다.

이름난 선비 임계일이 아래와 같은 시를 지어 이 영광을 축하했다.

양부兩府(중서성과 중추원 두 관청을 말함)의 재상들은 뜰아래에서

절하고
 한때의 인재들이 문전에 모여들었네
 현명한 제자들과 수려한 자손들을 앉아서 바라보니
 성사盛事가 대대로 이어진다는 소식 드물게 듣노라.

간언과 아첨

문종이 즉위하여 선정을 베풀어 다스린 지 11년 만인 청녕(글안 도종의 연호) 2년에 처음으로 흥왕사를 창건하기 시작했다. 왕은 흥왕사의 규모를 웅장하고 화려하게 하려고 많이 노력했다. 이때에 문화공이 지주사(중추원의 정 삼품 벼슬)가 되어 문종에게 다음과 같은 강경한 간언을 올렸다.

"옛날 당나라 태종은 참으로 신성하고 영무하여 수천백 년 이래 견줄 만한 인물이 드물었습니다. 그러나 태종은 불교를 매우 억제하였습니다. 예컨대 도첩(새로 된 중에게 주는 나라의 허가증)을 발행하여 새로 승려가 되는 것을 허락하지 않았으며, 또 사찰 짓는 것도 허락하지 않았습니다. 그러나 정사에 있어서는 고조의 뜻을 받들어 백성을 잘 다스렸으므로 진실로 왕업을 공고한 반석 위에 올려놓았습니다. 그래서 역사는 태종을 훌륭한 임금으로 기록하여 후세에 전했습니다.

폐하께서도 선대의 여러 왕들이 이룩해 놓으신 공적을 계승하시어 천하를 잘 이루어 보려고 하신다면 마땅히 물자를 아끼셔야 하고, 또 백성들을 사랑하셔야 합니다. 이미 쌓아 놓은 공과 업적을 잘 지켜 후대에 전해야 하는데, 어찌하여 백성들의 재물을 낭비하시고 백성들의 힘을 허비하여 급하지 않은 일에 제공하면서 나라의 근본을 위태롭게 하고자 하십니까? 신으로서는 의심 나는 바가 깊사와 이렇게 아뢰는 것입니다."

문종은 부드러운 말로 여기에 대답하는 조서를 내렸다.

"경의 말은 진실로 충성에서 우러나온 것이라 믿는다. 그러나 이 역사는 짐이 일찍이 원하던 일이요, 또 이미 시작한 지 오래되었으니 이제 다시 돌이켜 바꿀 수 없는 일이 되었다."

뒷날 문종이 한가할 때 문화공은 왕을 모시고 시정을 의논하였는데, 왕이 조용히 문화공을 위로하며 이렇게 말했다.

"간언을 하는 것은 충성된 일이고, 좋다고만 하고 따르는 것은 아첨이다."

문화공이 바로 대답하여 아뢰었다.

"나라를 창업하는 것은 오히려 쉬운 일이지만, 이루어 놓은 나라를 지키는 일은 더욱 어려운 일인 줄 아옵니다."

　비록 우하虞夏(순임금과 우임금 또는 그 시대)의 갱가賡歌(다른 사람의 노래에 화답한 노래)가 있다고 하더라도 어찌 이와 같은 왕과 신하의 신실한 대화에 더할 수가 있겠는가?

최치원의 시

김해의 황산강(낙동강 하류의 옛이름)은 강물의 흐름을 따라 6, 7리를 내려가노라면 깎아지른 듯한 푸른 벼랑이 우뚝하니 솟아 있다. 거기에 산봉우리를 마주 보며 강을 끼고서 연기가 피어오르는 10여 호 남짓 되는 마을이 있는데, 모두 대나무 울타리와 띠로 지붕을 이은 집들이 주위의 경관과 어울려 마치 그림 속의 풍경과 같다.

그런데 여기에 당나라의 시어사(궁중의 물품 공급을 맡은 관리)를 지낸 최치원이 일찍이 돌을 높이 쌓아 대臺를 만들었다. 그리고 그 대를 일러 임경臨鏡이라 이름짓고 석벽에 시를 새겼는데 이러하다.

연기 낀 멧부리 옹기종기하고 물은 질펀한데
거울 속 인가人家는 푸른 봉우리와 마주보고 있네
외로운 돛배 하나 바람 받으며 어디로 가는가
문득 날아가는 새는 자취가 없네.

　세월이 오래되어서 대가 이미 무너지고 석벽에 새겨진 시의
글씨는 점차 닳아 없어지니, 뒷사람들이 의논하여 그 시를 황
산루에 옮겨서 새겨 놓았다. 그런데 시에서 보는 풍광과 사물
들의 모습이 황산루 주위의 풍경과는 사뭇 다르니 실로 안타
까운 일이다.
　공이 여기 남긴 시는 절구 한 수에 지나지 않지만, 시 속에서
노래한 아름다운 경치는 실로 실제의 풍경과 딱 맞아떨어지니,
마치 실감이 넘치는 산수화를 보는 것만 같다. 그렇기 때문에
지나가는 나그네가 시를 감상하고 오래오래 음미하면서 만족
할 줄을 모르는 것이다.
　다른 사람에게 더러 써 준 시에도 또한 절구가 많은데, 시상
과 그 표현이 맑고 아름다워 모두 애송할 만한 것들이다.
　회곡에서 홀로 사는 어떤 승려에게 준 시는 이러하다.

솔바람 소리 물리치니 고요하기만 하고
띠집은 흰 구름의 뿌리에 의지해 있네

세상 사람 길 아는 것이 도리어 한스러워
돌 위의 이끼는 발자국을 가렸네.

무기의 게송

　승려인 무기無己는 스스로 호를 지어 부르기를 대혼자大昏子 (아는 것이 아무것도 없어 아주 어두운 사람이라는 뜻)라고 하였다. 그는 지리산에 숨어 살고 있었는데, 삼십 년이 넘도록 오직 한 벌의 납의衲衣를 바꾸지 않았다.

　그는 매양 추운 겨울이나 더운 여름에는 산속에 들어가 나오는 법이 없었다. 봄이나 가을에는 허리와 배를 띠로 칭칭 감고서 배를 손바닥으로 두드리며 하루 종일 깊은 산속을 이리저리 돌아다녔다.

　그렇게 혼자 산속을 돌아다니며 발길 닿는 암자에 들러 밥을 먹는데, 놀랍게도 날마다 서너 말의 밥을 먹는 것이었다. 어디서나 한 번 앉으면 반드시 열흘은 묵고 나서 가게 마련인데, 갈 때는 언제나 소리 높여 게송을 읊었다. 산을 빙 둘러 사방으로 대략 칠십여 개의 암자가 있는데, 한 암자에서 묵을 때마다 게송 하나씩을 남겼다.

주무암住無庵에 남긴 게송은 이러하다.

　　이 경지에는 본래 머물 데가 없는데
　　어느 누가 여기에 집을 지었나
　　오직 무기란 사람이 남아서
　　가는 것도 머무는 것도 아무 거리낌 없네.

말이 아주 성기고 생략되어 일견 평이한 것 같으나, 깊이 음미해 보면 그 내용과 뜻이 한없이 높고 깊어서 거의 한산寒山 (당나라 고승. 나무 껍질로 관을 만들어 쓰고 누더기 옷에 나막신을 신고 미친 사람처럼 행세했는데, 여기저기 남긴 시가 이백여 편 전한다.)과 습득拾得(당나라 고승. 한 중이 주워다 길러서 습득이라 했다. 한산과 행색도 같고 아주 친했다. 숲과 마을 담벽 같은 데에 써 놓은 시가 삼백여 편 된다고 한다.)과 같은 무리가 아닌가 싶다.

어느 묵행자 이야기

언젠가 이윤보가 이런 말을 했다.

"한 묵행자默行者(아무 소문 없이 묵묵히 수행하는 사람)가 있었는데 성도 이름도 알 수 없지만 나이는 한 50쯤 되었다. 어떤 때는 머리를 깎고 불도를 닦기도 하고, 또 어떤 때는 머리를 길러 더벅머리로 불경도 외우지 않고 예불도 하지 않고 하루 종일 편안히 앉아서 명상만 하였다. 기다리는 사람이 있어도 귀천을 가리지 않고 거들떠보지도 않았다. 이름을 물어도 대답이 없고 어디서 왔느냐고 물어도 말이 없었다. 그래서 사람들은 그를 묵행자라고 불렀다."

내가 마침 구성에 갔을 때에 도인 존순이 나에게 묵행자에 관해서 다음과 같은 이야기를 들려주었다.

"엄동설한의 추운 겨울철에도 깔개방석 하나만을 펴고 장삼 한 벌만을 입고 있었으나 옷 속에 이나 서캐가 없었다. 얼음장 같은 냉방에 앉아 있으면서 추위하는 기색을 조금도 보이지 않았다. 혹 불도를 배우려는 후진들이 책을 끼고 와서 물으면 무엇 하나 자세하게 설명해 주지 않는 것이 없었다.

바야흐로 혹독한 추위가 닥쳐 혹시 얼어 죽지 않을까 염려되어, 그가 외출하였을 때에 방 심부름하는 아이를 시켜 급히 불을 때서 방을 덥혀 놓은 일도 있었다. 그런데 묵행자는 돌아와서 이런 사실을 알고도 기뻐하거나 성내는 기색조차 보이지 않았다. 그리고 천천히 밖으로 나가더니 돌을 주워다가 아궁이를 메우고 재받이 틈바귀를 흙으로 발라 맥질을 하고는, 방으로 들어가서 아무 일도 없었다는 듯 좌선을 계속하였다. 그 뒤부터 다시는 방을 덥히려 하지 않았다.

재齋를 올릴 때에도 채식을 하는데 간장은 먹지 않았다. 아침밥을 오후에 먹는 것도 꺼리지 않았고, 다행히 혹 음식을 얻어먹게 되면 7, 8일이 넘도록 식사를 하지 않았다. 그가 스스로 말하기를 , '무릇 명산에 신성한 유적이 있는 곳은 가보지 않은 곳이 없다.'고 하였다. 내가 가서 그를 만나 보았으나 한 마디의 말도 서로 나누지는 못했다."

을축년 10월에 나는 굴암사(평안도 굴암산에 있는 절)에 유람한 일이 있다. 그런데 그 절에 있던 어떤 승려가 또 이런 이야기를 들려주었다.

"요즈음 묵행자가 와서 매 바위에 올라가 보고 너무나 좋아 한 나머지, 석굴을 다듬어 한 암자를 만들고 몸소 돌을 날라다 계단을 쌓아서 새로운 돌길을 만들었다. 산기슭에서부터 석굴 까지는 3백여 층계나 되었지만 한 개의 돌도 움직임이 없을 정 도로 단단히 쌓았던 것이다. 때마침 재를 올린다는 북소리가 울리기에 그에게 내려와서 식사할 것을 권했으나, 아무 반응이 없었을 뿐만 아니라 그 뒤 10여 일이 지나서도 내려오지 않았 다. 궁금하여 석굴에 올라가 살펴보니 돌 파편 위에 칠언송七 言頌이 적혀 있었다. 이것은 묵행자가 지은 것인데, 보아하니 그 말씨와 뜻이 자못 신선의 일을 모두 아는 듯한 솜씨였다."

경오년에 기회가 있어서 다시 구성에 들르게 되었다. 그때 그 곳 사람들에게 지금 묵행자가 어디에 있느냐고 물어보았더니 그들은 이렇게 말했다.

"얼마 전부터 봉주 삼각산의 문암에 가서 살고 있습니다. 작 년 여름 굴암사에 살 때 한 중에게 말하기를, '도깨비가 북방으 로부터 내려와서 이 성에 모이기 때문에 산을 내려가 성안으로 들어간다.'고 했다 합니다. 그렇게 말하고서 성 위를 타고 순행하여 성밖으로 나왔는데 그때 사람들이 모두 묵행자를 보았습니다.

과연 뒤에 도깨비불이 낮에는 없다가도 밤에 나타났습니다. 그 색깔이 푸르고, 작기도 하고 크기도 해서 고르지가 않았습니다. 이 도깨비불이 인가에도 들어오고 정원에 있는 나무에 붙기도 하고, 공중에 날아다니기도 해서, 사람들이 이 도깨비불을 쫓기 위해 온갖 그릇을 두드려 시끄럽게 했기 때문에 밤새 잠을 잘 수가 없었습니다. 이런 소동이 며칠 계속된 뒤에야 도깨비불이 사라졌습니다."

이때 나의 아내가 이 성안에 머물고 있었는데, 그 일을 물었더니 과연 그런 일이 있었다고 했다.

뒤에 익분이라는 승려가 나에게 또 이렇게 말했다.

"얼마 전에 삼각산에 가서 묵행자를 만났는데 아무 병도 없이 건강하게 잘 있었습니다. 근방에 사는 촌민들은 묵행자가 떠나갈까 염려하여 그가 살고 있는 초가집을 잘 고치고 또 다투어서 조석으로 식사를 대접하면서 극진히 보호하고 있습니다."

그리고 익분이 떠날 때에 묵행자는 이렇게 말했다고 한다.

"대개 수행을 하는 사람은 춥고 고생스럽다고 해서 그 수행하는 마음을 바꾸어서는 안 된다. 그런데 오늘날 수행하는 사람들이 높은 누각이나 큰 불전을 지어서 중들을 보호하고, 좋은 음식과 모시옷을 공급하기 위해 벼슬아치나 사대부 집에 드나들면서 재물을 구걸하고, 큰 절을 짓는 것을 복 받을 일로 생각하고, 마침내는 돈 없고 죄 없는 평민들까지 괴롭히는 지경이 되었으니 이것이 어찌 수행하는 사람이 할 일이겠는가? 그대도 이런 점을 소홀히하지 말고 수행에 정진하라."

이 말을 듣고 익분도 탄복하였다고 한다.

이윤보의 말이 이와 같았으므로 전기를 만들어 승사僧史에 빠진 곳을 보충하는 것이다.

어리석은 중

칠양사의 중 자림은 어리석기가 말로 표현하기 어려울 정도였다.

어느 날 서울에 놀러왔다가 임진강을 건너 돌아갈 때였다. 강 중간쯤 건너왔을 때 다른 배를 타고 먼저 건너는, 얼굴이 희고 아주 귀엽게 생긴 어린 사미승을 보고 너무 마음에 들었다.

그런데 두 배가 나란히 내려가다가 각도가 서로 맞지 않아 거리가 멀리 떨어지게 되었다. 자림은 그 귀여운 사미승에게만 정신이 팔린 나머지 미처 그 거리를 깨닫지 못하고 사미승이 타고 있는 배를 향해 몸을 날렸다. 결국 그는 물속에 빠지고 말았다.

함께 배에 탔던 사람이 돌아와서 자림이 물에 빠져 죽었다고 알리니 문인들은 재를 올리고 명복을 빌었다.

그 뒤 20여 일이 지나고 나서, 어느 날 저녁에 죽었다던 자림이 홀연히 나타났다. 문인들은 이것을 괴이하게 여기고 어찌 된 일이냐고 묻자, 자림은 그간의 자초지종을 이야기하는 것이었다.

"물에 빠져 밑으로 가라앉았다가 다시 물 위로 떠올랐는데, 그때 마침 지나가는 배가 있어서 그 배의 사람들이 구해 주어 살아났다. 뭍에 나와서 그 어린 사미승이 간 곳을 물어물어 삼각산의 계성사까지 가게 되었다. 그 절에서 어린 사미승을 만나고 너무나 기뻐서 차마 그대로 돌아설 수가 없었다. 그래서 20여 일을 머물다가 이제야 온 것이다."

이야기를 듣는 사람들이 모두 웃었다.

달밤에 두꺼비가 나타났다. 여러 중들이 모여서 구경하고 있는데, 자림도 뒤에서 구경하다가 물었다.

"이것이 무슨 벌레인가?"

중들이 자림을 놀리기 위해서 거짓말로 대답했다.

"이곳에는 이와 같은 벌레가 없다. 근래에 송나라에서 온 장사꾼에게서 길러 보려고 산 것인데 잠시 내놓은 것뿐이다. 두꺼비와 비슷하지만 두꺼비는 아니다. 스님이 이걸 사서 키우면 완

상할 만한 것이 될 것이다."

자림이 이 말을 듣고 은그릇을 주고 두꺼비를 샀다. 자림을 따르던 종자 아이가 말리면서 말했다.

"스님, 이것은 틀림없는 두꺼비입니다. 무엇하러 사셨습니까?"

"망령된 말로 내가 하는 일을 막지 말라."

자림은 단호하게 말하고서 곧 쑥대로 두꺼비를 조심스럽게 묶어서 가지고 갔다.

정자직이 이 이야기를 듣고 다음 같은 시를 지어 읊었다.

풍속과 습관이 해가 갈수록 간교해지니
하늘이 어리석은 이를 시켜 인간에게 보여 주네
두꺼비를 사고 물에 빠진 것은 비록 웃을 만하나
벗을 사랑하고 재물을 가볍게 여기는 뜻은 볼 만하네.

귀신과 동침하다

승안 3년 무오에 사천감(천문을 맡아 보는 관청의 관리) 이인보가 경주에서 산천에 제사를 지내고 밤이 되어 돌아오는 길에 부석사에 이르자, 중 하나가 나와서 객실로 안내하여 맞아들였다.

집 안에는 아무도 없고 쓸쓸하고 조용하였다.

좀 있자니 홀연히 웬 여자가 복도에 나타났다. 사천감은 그 지방을 맡고 있는 관리가 자기를 위해 기생을 보냈거니 생각하고 별 의심을 하지 않았다. 그런데 조금 있다가 그 여자가 너울너울 춤추며 뜰아래에 와서 인사를 하는데, 몸맵시나 범절이 창기와는 전연 달랐다. 인사를 마친 후에 스스로 계단을 오르더니 이내 방으로 들어왔다. 그 거동을 자세히 보아하니 보통 인간들처럼 화식하는 사람은 아닌 것 같았다.

사천감은 비록 괴이하게 여겼으나 자색이 뛰어났기 때문에 차마 거절하지는 못했다. 그녀를 방에 둔 채 옷을 입고 밖으로 나가 두루 살펴보았다. 오직 한 곳에 오래 묵은 우물이 하나 있을 뿐이었다. 그 우물을 괴상하게 여겨 거기 앉아 있었는데, 조금 시간이 지나자 한 어린 중이 나타나더니 이렇게 말하는 것이었다.

"대감께서는 너무 피로하셨습니다. 다행히 이곳에 오셨으니 다탕茶湯으로 모시겠습니다."

그래서 부득이 욕탕에 들어가니 강제로 여자로 하여금 시중들게 하였다. 사천감은 재삼 완강하게 사양하고, 문밖으로 나와서 주지승과 은근한 환담을 하다가 밤이 깊어서야 방으로 돌아왔다.

이윽고 아까 보았던 그 여자가 다시 나타나서 사천감은 넌지시 농을 걸었다.

그 여자가 말했다.

"대관께서 이미 저를 의심하지 않으시고, 또 첩의 거처가 여기서 멀지 않은 곳에 있으므로 높은 의리를 사모하여 이렇게 찾았을 뿐입니다."

여자가 응대하여 말하는 것이 지혜롭고 영리할 뿐만 아니라 태도 또한 매우 다정스러웠다.

　그날 저녁 사천감은 결국 그 여인과 동침하여 즐거운 밤을 지 냈다.

　사흘 동안을 머문 다음 그곳을 나와서 우정郵亭(숙박시설을 갖 춘 역참)에 이르러 밤을 지내려 하는데 또 그 여자가 슬그머니 방으로 들어왔다. 사천감이 적이 놀라서 물었다.

　"내 이미 떠났는데 어찌하여 또 왔는고?"

　그 여자는 이렇게 말했다.

　"내 뱃속에 그대의 숨결이 하나 남아 있습니다. 다시 또 하나 를 더 붙여 주시기를 바라서 이렇게 찾아온 것입니다."

　그날 밤도 역시 동침하고 새벽녘에 이별을 고하니 운우의 정 이 더욱 깊어 갔다.

　사천감이 홍주에 가서 자려고 하는데 그 여자가 또 다시 방 으로 들어왔다. 만일 옛정으로 다시 만난다면 반드시 후환이 있을 것이라 여기고, 그녀를 대하고도 거들떠보지 않았다. 그러 자 여자가 눈을 부릅뜨고 한참이나 노려본 뒤에, 화가 잔뜩 나 서 얼굴빛까지 달리하면서 말했다.

　"잘 되었습니다. 이 뒤에는 다시 뵙지 않겠습니다."

　그 여자가 곧장 문을 나가는데 회오리바람이 땅을 휩쓸어서 청사에 있는 사립문 한 짝이 부서지고 나뭇가지가 부러졌다.

그 부러진 자리가 마치 도끼로 자른 것 같았다.

간단히 말하자면 사천감은 그 여자가 사람이 아닌 것을 알면서도 더불어 즐거움을 나누었던 것이다. 인간과 귀신이 만나서 달콤한 정사를 마음껏 누리고 더구나 뱃속에 숨결이 남도록 하였으니 참으로 괴탄하기 이를 데 없다 할 것이다.

한자韓子(당나라 문인 한유)가 이렇게 말했다.

"형태와 소리가 없는 것을 귀신이라 한다. 사람이 하늘에 거역하고 백성에 어긋나고 만물에 조화되지 않고 윤리에 어그러지면 한갓 물건에 감동되고 만다. 이렇게 해서 귀신이 형태로 나타나고 소리로써 응대하게 되는 것이니, 알고 보면 결국 이것은 모두 하늘과 백성들이 그런 사람을 경책하는 일과 같은 것이다. 그러므로 귀신에게 현혹된다는 것은 곧 완전히 자신이 속는다는 것이다."

기이한 일들

서백사의 승통僧統(불교 교종의 가장 높은 자리)인 시의가 학생으로 있을 때에, 진사 박인후와 두세 친구들과 함께 봉영사에서 우거하고 있었다. 어느 날 밤에 술을 마시며 각각 한 구절씩 시를 지어서 한 편의 시를 완성하고 있었는데 홀연히 창밖에서 큰 소리가 들려왔다.

"밤도 깊었는데 그만하시지, 이 술 손님들아!"

그 소리가 너무나 엄숙하고 위엄이 서려 있어 방 안에 있는 사람들이 모두 놀라서, 마치 누가 손으로 머리카락을 움켜잡고 위로 끌어올리는 듯 머리끝이 쭈뼛했다고 한다.

그런데 그렇게 소리를 지른 사람이 누구인지는 알 수 없었다.

또 이식이라고 하는 어느 선비가 불갑사에 가다가 길에서 우연히 한 늙은이를 만났는데, 몸집이 장대하고 풍채가 훌륭하였다. 몇 리를 동행하면서 서로 시를 지어 읊으며 즐겼다. 두 사람이 나란히 걸어가다가 어느덧 절 옆에 이르자, 이식은 늙은이와 헤어지고 산속으로 들어가면서 다음과 같이 읊조렸다.

　　솔바람이 불어서 길이 그치지 않고
　　쓸쓸함도 이에 따라 다할 때가 없구나
　　소나무 밑에 복령은 천고부터 있었건만
　　오가는 나무꾼도 일찍이 알지 못하는도다.

이 시를 곰곰이 음미해 보니 비록 뜻은 맑고 고우나 그윽한 외로움의 경지에는 미치지 못했다. 그러니 역시 세속의 때를 벗은 말은 아니었다.

시를 주고받던 그 늙은이가 누구인지는 알 수 없다.

이름은 잊었지만 법천사의 중이 밤에 누각에 올라서 소동파의 시를 읽고 있었는데, 어떤 사람이 요란스럽게 문을 두드리기에 나가 보니, 갓을 쓴 사람과 머리를 풀어 헤친 사람이 마치 옛날부터 서로 잘 아는 사이같이 악수하며 누각 위로 올라왔다.

갓을 쓴 사람이 먼저 읊었다.

"초승달은 눈썹 같으나 높아서 볼 수 없고."

중은 화답을 못하고 머뭇거리고 있는데, 머리를 풀어 헤친 사람이 나섰다.

"왜 대답이 없는고?"

이렇게 말하고는 화답했다.

"옛 친구는 천리나 떨어져 있어 기약하기 어렵도다."

그리고 그 둘은 서로 주거니 받거니 하다가 홀연히 온데간데 없이 사라졌다.

그들이 누구인지는 알 수가 없다.

신기한 글 솜씨

이영간이 일찍이 나주의 법륜사를 주제로 하여 시를 지었다.

서늘한 가을 저녁 경치가 가장 좋아
한 번 연방蓮房(절의 방)에 잘 때마다 주름을 펴는도다
밤이 깊어 북두성은 더욱 빛나고
가는 달이 누대의 그림자를 흩어 버렸네
여섯때(옛날 하루 12시간을 밤낮 6시간씩 나눈 것)에 길이 빛나 자
등慈燈(절의 등)이 밝고
만고에 길이 간직한 거룩한 자취 기이하구나
좋은 인연 맺는다는 말 무슨 뜻인가
향 피우고 앉아서 부처님을 모시네.

어떤 사람이 이 시를 평하여 시의 끝 구절이 묘하지 않다고 하며, 야(也)를 사용한 것은 너무 속되고 야하다고 했는데 이 평은 아주 잘못되었다.

어느 날 이영간이 임금을 모시고 박연폭포에서 논 일이 있었다. 마침 갑자기 비바람이 몰아쳐서 앉아 있던 돌이 흔들려 임금이 크게 놀랐다. 이영간은 이것을 보고도 태연자약하였다.

그리고 곧 칙서를 지어 옷소매에 넣고 비바람을 일으킨 용에게 죄를 묻고 벌을 주려고 했다. 그러자 용이 이것을 알고 그 등을 드러내어 이공의 곤장을 받았다.

그가 글을 짓는 솜씨가 이렇게 신기하여 속인들은 헤아릴 수가 없는데, 어찌 짤막한 시 속의 글자 하나를 가지고 묘하고 졸함을 평할 수 있겠는가?

붓은 나라의 경계가 없어

시를 잘하는 승려 원담이 나에게 말했다.

"요즈음 사대부들은 시를 짓는데 멀리 다른 나라의 인물과 지명에 의탁하여 그것을 마치 우리나라의 사실로 삼아 버리는 경우가 많다. 그것은 실로 자연스럽지 못할 뿐만 아니라 우스운 일이 아닐 수 없다. 이규보의 「남유南遊」 한 구절을 예로 들어 보자.

가을 서리에 오나라 나무 물들고
저문 비에 초나라 산이 어둡네.

비록 시의 말씨와 그 짜임새가 맑고 고원하기는 하지만 오나라와 초나라는 우리나라의 땅이 아니다.

그전에 어떤 선비가 지은 「송경조발松京早發」이란 작품에 있는 구절이다.

마판에 가니 사람들은 연기처럼 술렁이고
타교를 지나자 들 생각이 나네.

여기 나오는 지명은 모두 우리나라의 지명이라 실감이 있다.

이런 점에서 이규보의 시는 이만 못하다. 또 이 시는 말이 참신하고 말하고자 하는 내용이 좋으며 말씨가 아주 잘 어울린다."

나는 이렇게 대답했다.

"무릇 시인이 말을 인용함에 있어서는 반드시 그 근본에만 구구하게 집착할 필요는 없다고 생각한다. 자기의 생각을 다른 사물에 비유해서 은근히 나타내면 그뿐인 것이다. 더구나 천하가 한 집안이며 붓과 먹은 나라의 경계가 없어 글을 함께하는데, 어찌 피차에 큰 차이가 있겠는가?"

원담은 이 말에 옳다고 하였다.

櫟翁稗說 前一

押說云仲思序船艦稍相賊弑　雜之文無實而可早猶之稗也故　也余少敎之從早亦聲也以義觀今若　壽也敎之從早亦聲也以義觀今若　之後自免以養拙因號櫟翁所樂乎　材遠室在木為可樂乎以從櫟　題其端曰櫟翁稗說夫櫟之從　硯承應謂聰友明往還折簡遇　至正士초夏閏連月杜門無寒云

이제현李齊賢(1287~1367) 고려의 문신이자 대학자. 호는 익재益齋. 공
민왕 때 정승에 오름. 일찍이 충선왕의 부름을 받고 원나라에 가서 당대
대륙의 이름난 문사들과 문학적 교류를 한 바 있다. 저서로 『역옹패설櫟
翁稗說』, 『익재난고益齋亂藁』가 있다.

출전 : 『역옹패설』

사슴과 거북의 보은

고려 초기에 서신일이라는 사람이 교외에 살고 있었다. 어느 날 난데없이 사슴 한 마리가 몸에 화살을 맞고 화살이 꽂힌 채 집으로 뛰어 들어왔다. 신일이 그 사슴을 가엽게 여겨 몸에서 화살을 뽑고 숨겨 주었다. 이윽고 사냥꾼이 뛰어 들어왔지만, 사슴을 찾지 못하고 그냥 돌아갔다.

그날 밤 신일의 꿈에 한 신인神人이 나타나서 감사하며 이렇게 말했다.

"당신이 숨겨 준 사슴은 저의 아들입니다. 다행히 당신의 도움을 입어 죽지 않고 살아났으니 그 은혜를 어찌 다 말로 하겠습니까? 이제 당신이 베풀어 주신 은덕이 자손 대에까지 미쳐서 자손들은 대대로 재상에 오를 것입니다."

신일의 나이 80세가 되어서 아들을 낳게 되었으니 그 이름을 필(고려의 명신. 광종의 사당에 배향됨)이라고 했다. 그 필이 회(고려 성종 때 좌승에 오르고 성종의 사당에 배향됨)를 낳고, 회가 눌(딸이 왕비가 되고, 검교태사가 되어 정종의 사당에 배향됨)을 낳았는데, 과연 이들 모두가 태사가 되고 내사령이 되고, 묘정廟庭에 배향되었다.

근년에 통해현에서 마치 거북이같이 생긴 아주 큰 생물이 밀물을 타고 포구까지 들어왔다가 썰물이 되자 돌아가지 못하고 마침내 사람들에게 잡히고 말았다. 사람들이 이것을 죽이려고 하자 현령인 박세통이 이를 말렸다. 그리고 큰 새끼줄로 두 척의 배를 만들게 하여 그 생물을 바다 가운데로 끌고 나가서 멀리 보내도록 하였다.

그날 밤 박세통의 꿈에 한 늙은이가 나타나 큰절을 하면서 이렇게 말하는 것이었다.

"저의 자식이 철이 없어 날을 가리지 않고 놀러 나갔다가 하마터면 가마솥에 삶겨 죽는 화를 면치 못할 뻔하였습니다. 당신의 은덕으로 다행히 자식이 살게 되었으니 그 음덕이 참으로 태산 같습니다. 당신과 당신의 아들 손자 3대가 반드시 재상의 영화를 누릴 것입니다."

과연 꿈에서 노인이 말한 대로 그와 그의 아들 홍무는 모두 재상의 지위에 오르게 되었다. 그러나 손자인 감은 상장군의 벼슬로 끝나고 말았다. 그러자 감은 마음에 가득 불만을 품고 이런 시를 지어 그 불만을 토로했다.

거북아 거북아 잠에 빠지지 마라
3대 재상이란 모두 빈 말뿐이로구나.

그런데 그날 밤 감의 꿈에 거북이 나타나서 이렇게 말하는 것이었다.

"그대가 주색에 빠져 스스로 복을 덜어 버린 것이지, 내가 어찌 감히 그 은덕을 잊어버리겠습니까? 그러나 앞으로 한 가지 기쁜 일이 그대에게 있을 것이니 조금만 더 기다려 보십시오."

과연 며칠 지나지 않아 다시 벼슬에 올라 복야(고려 상서성의 정2품 벼슬)가 되었다고 한다.

현명한 판관

지추 손변렴이 경상도의 안찰사로 있을 때의 일이다.

손위의 누이와 그 남동생이 서로 소송하여 다투는 사건이 있었다. 동생은 소송에서 이렇게 말했다.

"딸이나 아들이나 다 같은 한 배에서 태어났는데, 어째서 누이는 혼자 부모의 재산을 몽땅 독차지하고 나에게는 아무것도 나누어주지 않는가?"

동생의 말에 누이는 또 이렇게 대답했다.

"아버지께서 돌아가시기 직전에 모든 재산을 나에게 맡기시고, 너에게는 검은 의관 한 벌과 미투리 한 켤레, 그리고 종이 한 권을 주셨을 뿐이다. 아버지께서 직접 쓰신 증서가 여기 모두 이렇게 있지 않은가? 그런데 어찌 그것을 어길 수 있겠는가?"

이렇게 서로 다투며 여러 해가 지나도 판결이 나지 않았던 것이다. 지추는 송사를 해결하기 위해 두 사람을 앞에 불러 놓고 차근차근 물어보았다.

"너희들 아버지가 돌아가실 때 어머니는 살아 계셨느냐?"

남매는 똑같이 대답했다.

"어머니는 아버지보다 먼저 돌아가셨습니다."

"너희들은 아버지가 돌아가실 때 나이가 각각 몇 살이었느냐?"

"누이는 이미 시집을 갔고 저는 아직 어린 나이였습니다."

지추는 이 말을 듣고 두 사람을 타이르며 말했다.

"부모의 마음은 아들이거나 딸이거나 다 한 가지다. 그런데 어찌 장성하여 시집 간 딸에게는 후하게 주고, 어미도 없고 나이도 어린 아들에게는 박하게만 했겠는가? 생각해 보건대, 아들을 맡을 사람은 누이인데 만약 누이와 똑같이 재물을 나누어준다면, 혹 사랑이 지극하지 못할까, 혹 제대로 양육하지 못할까, 그것을 두려워했기 때문일 것이다. 너희들의 부모는 아이가 이제 장성하여, 이 종이에 소장訴狀을 써서 검은 의관을 갖추어 입고 미투리를 신고 관가에 가서 고하게 되면, 그때는 이 일을 능히 분별할 줄 아는 사람이 있을 것이라고 생각했기 때문일 것이다. 오직 그 4가지 물건만을 남겨 준 까닭은 다 이런 뜻에서 그렇게 한 것이다."

두 남매가 이 말을 듣고 마음 깊이 깨달아서 서로 붙들고 눈물을 흘렸다. 지추는 드디어 재산을 반씩 나누게 하였다.

한 승지의 기지

밀직(왕명의 출납, 군사기밀 등의 일을 보는 관청)의 안전이라는 사람이 승지(왕명을 전하는 관리)가 되었을 때의 일이다.

충렬왕이 내시인 한 환관에게 참관 벼슬을 내리고자 하였다. 그런데 이 승지가 그것은 불가한 일이라고 반대하며 소신을 굽히지 않았다.

하루는 임금이 승지를 설득하며 말했다.

"그 사람이 내 옆에서 부지런히 일한 지가 이미 오랜 세월이 되었소. 경은 나를 위해서 억지로라도 6품 벼슬을 주도록 하시오."

임금은 말을 끝내자마자 즉시 발령장을 쓰라고 했다. 승지는 어쩔 수 없이 낭장이라는 벼슬자리를 추천하였다.

그런 뒤, 조금 지나서 승지는 기지를 발휘하여 땅에 엎드려 이렇게 청했다.

"신은 재주가 없는 놈입니다. 임금님 곁에 있으면서 사람을 정하여 벼슬에 임명하는 것을 어찌 신같이 못나고 어리석은 사람이 감히 맡을 수 있겠습니까? 마땅히 현명한 사람을 가려서 이 일을 맡게 하여 주옵소서."

임금께 청하는 말이 매우 간절하고 극진하였다. 임금이 곧 그것을 승낙하고 일어나 안으로 들어가는데, 승지도 바로 뒤를 따라가며 다시 꿇어앉아서 청했다.

"바라옵건대 다시 아뢰옵고자 하옵니다. 이제 신은 내일이면 자리를 물러날 것이옵니다. 그러니 내시를 참관으로 추천하라는 명은 일단 보류하시어 후일을 기다리게 하소서."

임금은 발자취가 이미 문지방을 넘어갔던 터라, 돌아보며 큰 소리로 '좋다'고 하였다.

좌우에 시립해 있던 신하들은 모두 두려워했으나, 승지는 천천히 자기 자리로 돌아오며 말했다.

"전하께서 신에게 허락하시었다."

그러고는 드디어 그 내시의 이름을 삭제하여 버렸다.

맥 빠진 변명

정통은 초계 사람이다.

그는 나주에서 서기로 일하면서 관기官妓인 소매향을 사랑하여 아이 하나를 두기까지 했다.

전임되어 서울로 가게 되었는데, 소매향과 이별이 너무도 섭섭하여 맥이 풀리고 멍해진 나머지 떠나가면서도 어찌할 바를 모르고, 말을 하다가도 무슨 말을 하려고 했던지 전혀 생각이 나지 않는 지경이 되어 버렸다.

서울로 가는 도중에 가까운 친구의 집에 이르렀는데, 그때 마침 어떤 중이 좋은 말을 타고 그 집에 이르게 되었다. 중이 미처 앉기도 전에 정통은 얼른 먼저 나와서 중이 타고 온 말을 훔

쳐 타고 곧장 나주로 달렸다. 그래서 3일 만에 밤이 되어서야
소매향의 집에 당도하였다.

이때 소매향은 어머니와 함께 등불을 밝히고 앉아 탄식하고
있었다.

"기실공(정통을 이르는 말)은 오늘 어디에 계실까?"

그는 소매향의 탄식을 듣고서 참을 수 없어 곧바로 지게문을
밀치고 들어가 울먹이며 말했다.

"아, 내가 여기 있소."

이렇게 해서 정통은 소매향과 함께 다시 며칠을 꿈과 같이 보
냈다. 그러나 더 오래는 머물러 있을 수 없음을 깨닫고, 어쩔 수
없이 그녀를 말에 태우고 자신은 아이를 등에 업고서 뒤따르며
북쪽을 향하였다.

한편 정통의 아내는 남편도 없는 데다가 땔나무와 식량도 없
어서 종들을 거느리고 고향으로 내려가고 있던 참이었다. 종 하
나가 맞은편에서 오는 사람들을 보니, 한 부인은 말을 타고 한
사내는 아이를 업고 뒤따르고 있었다. 종이 잠시 고개를 갸웃
거리며 자세히 보더니 말했다.

"저기 오는 분이 우리 나으리 같습니다."

부인은 눈을 의심하며 믿으려 하지 않았다.

"그분이 아무리 바람이 나서 미쳤다고 한들 어찌 저렇게까지

야 되었겠느냐?"

그러나 점점 가까워지자 틀림없는 자기의 남편 정통이었다.

이윽고 부인은 기가 막혀 한숨을 내쉬며 말했다.

"쯧쯧, 대체 늙은이가 어쩌다가 그런 꼴이 되었소?"

정통은 뜻밖의 사태에 멀거니 아내를 쳐다보더니, 갑자기 풀이 죽어 맥 빠진 말로 이렇게 중얼거렸다.

"내가 이렇게 그냥 장난을 해 본 것뿐이오."

약 때문에 봉변을

봉익대부(고려의 문관 종2품)인 김여맹은 성격이 유약한 데다가 말을 좀 더듬거렸다.

당시에 전염병이 유행하고 있었기 때문에 소심한 그는 미리 전염병을 피해서 어느 시골 마을의 한 집에 잠시 기거하고 있었다. 그때 마을 사람 하나가 죄를 지었는데, 죄인을 잡으러 다니는 관리가 추적하다가 마침 김여맹이 머물고 있는 집에 들르게 되었다.

관리가 방안에 혼자 앉아 있는 김여맹을 발견하고 말을 걸었으나, 그는 아무 대답도 하지 않았다. 관리는 큰 소리로 말해 보기도 하고, 심한 말로 심기를 건드리며 말을 걸어도 보았지만, 그는 일언반구의 대답도 하지 않은 채 꼼짝 않고 앉아 있었다.

마침내 참다못한 관리는 화를 벌컥 내면서 문을 박차고 안으로 들어가 소리를 질렀다.

"살고 있는 곳이 이렇게 누추한 것으로 보아 네놈의 신분이 어느 정도인지는 묻지 않아도 알 만하다. 사람이 그렇게 여러 번 묻는데도 대답조차 하지 않는 것을 보아하니, 필시 감옥에 가서야 말을 하겠다는 것이구나."

관리는 화가 나서 그의 멱살을 움켜잡고 함부로 끌면서 큰 길로 나왔다.

그런데 마침 계집종 하나가 다른 데에 나갔다가 돌아오는 길에 이 광경을 목도하고서 깜짝 놀랐다. 계집종은 사태가 이렇게 된 연유를 대강 속으로 짐작하면서 관리에게 다가가 어찌 된 일이냐고 물었다.

"죄인을 잡으러 이 마을에 왔는데 이놈이 묻는 말에 일체 대답이 없으니 아무래도 수상하여 문초하러 가려는 것이다."

관리의 말을 들으니 과연 짐작하던 대로였다.

계집종은 사뭇 엄중한 태도가 되어 큰 목소리로 관리를 꾸짖어 말했다.

"우리 나으리는 김 평장平章(고려 중서문하성 정2품 벼슬)의 아드님이시고 김 추밀樞密(고려 때 왕명, 군사기밀 등을 맡아보던 관청의 종

2품 벼슬)의 사위로서 벼슬 또한 3품이시다. 오늘 아침에 관에서 나온 의원이 군신약이라는 약을 조제하여 드시게 하고, 약 기운이 온몸에 퍼질 때까지는 절대 말하지 말아야 한다고 신신당부하였기 때문에 말을 하지 않았던 것이다. 그런데 감히 네가 어찌 우리 나으리를 이렇게 욕보인다는 말이냐?"

드디어 관리가 그를 풀어주고 절하며, 경솔했음을 사죄하고 물러갔다.

신이 붙은 거문고

봉익대부 홍순은 충정공의 아들이다.

그는 항상 상서尚書(고려 정3품 벼슬) 이순과 내기 바둑 두는 것을 즐겼다.

그런데 이순이 내기 바둑에서 판판이 지는 바람에, 끝내는 지니고 있던 귀한 골동품과 서화마저 걸었다가 거의 다 잃었다. 더 이상 걸 만한 물건이 없자, 이순은 가보로서 애지중지하는 현학금이라는 거문고를 마지막으로 걸고 내기 바둑을 하였다.

그런데 이 판에서도 홍순이 이기고 말았다. 이순은 하는 수 없이 현학금을 내어주면서 이렇게 말했다.

"이 거문고는 우리 집안 대대로 물려받은 물건으로서 거의 2

백 년이나 된 것이오. 물건이 하도 오래되다 보니 이제는 신이 붙어 있으니 공은 각별히 조심해서 간직해야 할 것이오."

이 말은 사실 이순이 홍순의 성정이 두려움 많고 꺼리는 것이 많다는 것을 알고 던져 본 농담이었다.

현학금이 홍순의 집으로 옮겨온 지 며칠이 지난 어느 날이었다. 마침 그날 밤은 날씨가 몹시 추웠기 때문에 거문고 줄이 팽팽하게 수축한 나머지 끊어지면서 쩽하는 소리를 내게 되었다.

홍순은 문득 거문고에 신이 붙어 있다는 이순의 말을 떠올리고서는, 급히 등불을 밝히고 귀신을 내어 쫓는다고 알려진 복숭아나무 회초리를 들고 거문고를 마구 후려쳤다. 그렇게 되니 복숭아 회초리로 얻어맞은 거문고가 더욱 요란한 소리를 내며 울어댔다.

홍순은 거문고가 울어대는 소리에 정신이 혼미해져서, 종들을 모두 불러 모아놓고 거문고를 지키게 했다. 그리고 날이 밝자마자 곧 연수라는 종을 시켜 거문고를 가지고 이순의 집에 가 되돌려주도록 했다.

이순은 홍순의 종이 이른 새벽에 찾아온 것을 처음에 의아하게 생각했다. 그러나 곧 거문고에서 나무 줄기로 두들긴 흔적을 발견하고서 사태의 전말을 짐작했다. 이순은 속으로 웃으면서 짐짓 정색하고서는 이렇게 말했다.

"내가 이 거문고 때문에 그동안 근심이 많았다. 여러 번 이것을 부수어 버릴까 생각도 했지만, 혹시 신의 화를 입을까 무서워서 그렇게 할 수도 없었는데, 요행히 홍공에게 그걸 넘겨주어 잘되었다 여기고 있었다. 그런데 그걸 아무 연유도 없이 다시 내게 넘겨준다는 말인가? 그것은 사리에 맞지 않다."

이순은 그렇게 말하고 그걸 받지 않았다.

돌아온 종으로부터 전해 들은 홍순은 아주 난처하게 되어 어찌할 바를 몰랐다. 결국 그동안 내기에서 따가지고 온 서화와 골동품들을 모두 거문고와 함께 종을 시켜 돌려주도록 하였다. 이순은 마지못한 체하며 그것들을 돌려받고 미소를 지었다.

홍순은 그런 줄도 모르고, 또 자신의 소심하고 겁이 많은 성격 탓인 줄도 모르고, 그저 거문고 되돌려준 것만을 다행으로 여겼다.

우정과 경쟁심

　김순은 조간과 함께 과거시험에 합격하였는데 조간이 1등이었다.

　조간이 늙었을 때 악성 종기가 생겨 심하게 고생한 일이 있었다. 얼마나 종기가 지독하던지 목과 어깨가 거의 분간할 수 없을 정도로 부어 올랐는데, 아무리 해도 가라앉지가 않았다. 여러 의원들이 치료를 해 보았지만 소용이 없자, 더 이상 손쓸 방법이 없었다.

　그때 묘원이라는 중이 찾아와서 말했다.

　"이 종기는 뼈에까지 깊이 들어가 뿌리를 박고 있기 때문에, 아마도 뼈가 반쯤은 썩었을 것입니다. 그 썩은 부분을 깨끗이 긁어내지 않으면 치료할 방법이 없습니다. 그런데 뼈를 긁어내면 그 아픔이 참으로 가공할 만한 것이니, 어떻게 그 고통을 이겨내실 수 있겠습니까?"

조간이 이 말을 듣고 작정한 듯 말했다.

"어차피 병으로 죽으나, 치료를 하다가 죽으나 마찬가지이니, 한번 시험해 보는 것이 낫지 않겠소?"

중 묘원은 이 말을 듣고, 날카로운 칼을 꺼내어 살을 찢고 뼈를 드러내어 살펴보니, 과연 뼈가 많이 썩어 있었다. 그 썩은 부분을 깨끗이 긁어내고 약을 정성들여 발랐다. 조간은 뼈를 긁어낼 때 그 통증이 얼마나 컸던지 참다못해 기절하고 말았는데, 이틀 동안이나 눈을 감은 채 정신이 돌아오지 않을 정도였다.

김순은 조간의 병이 아주 위중하다는 소식을 듣고 곧바로 병문안을 왔다. 그런데 문가에 앉자마자 큰 소리로 울면서 한참이나 눈물을 거두지 않았다.

조간이 김순의 울음소리를 듣고서 크게 눈을 뜨더니, 좌우의 한 사람을 시켜 이렇게 말하도록 했다.

"공이 나를 위해 슬퍼하는 것이 이와 같을 줄은 미처 내가 몰랐다. 그런데 마음속으로는 몰래 기뻐하면서 어찌 얼굴빛으로는 그렇게 슬퍼하는가?"

김순이 정색하고 대답했다.

"허허, 이게 도대체 무슨 말인가? 4기紀(1기는 12년이므로 48년임) 동안이나 같은 해에 과거에 함께 급제한 사이인데, 그동안 서로 나눈 교분을 어찌 소홀히 할 수 있다는 말인가?"

조간이 바로 응수했다.

"만약 내가 죽으면 그때는 같은 합격자 중에서 공이 가장 앞서는 1등이 되지 않겠는가?"

김순이 눈물을 거두고 웃으면서 말했다.

"이 늙은이가 아직 죽지는 않겠구나."

그러고는 비로소 돌아갔다.

우정과 경쟁심은 때로는 실로 종이의 앞면과 뒷면의 차이에 불과한 것인지도 모른다.

참다운 시의 맛

옛사람의 시를 보면 눈앞의 경치를 묘사하고 있는데 그 뜻은 말 밖에 있다. 말은 다 할 수 있지만, 그 말속에 담고자 했던 속뜻은, 마치 미세한 것들이 성긴 그물을 모두 벗어나듯이 언제나 말 밖으로 빠져나가게 마련이다.

예를 들면, 도연명(중국 동진 시대의 시인)의 시 구절을 보자.

　동쪽 울타리 밑 국화를 따 들고
　하염없이 남쪽 산을 바라보느니

또 진간제(중국 송대의 시인)의 다음 구절을 보자.

문 열고 보니 비 온 줄 알겠구나
　　늙은 나무도 반쯤 젖어 있네

　위의 구절들이 모두 눈앞의 경치를 말하면서도, 그 속뜻은
말로 다 할 수 없기 때문에 말 밖에 놓아두고, 다만 그것으로
암시하고 있을 뿐인 것들이다.
　나는 유독 '연못가에 봄풀이 푸르다'라는 시 구절을 좋아하
고, 그 표현에 전할 수 없는 묘미가 있다고 생각한다.
　전에 내가 여항에 잠시 손으로 머물고 있을 때, 어떤 사람이
난초를 화분에 심어서 선물로 준 일이 있었다. 그것을 책상 위
에 놓아 두었는데, 손님을 접대하고 사무를 처리하는 동안에는
그 난초의 향기를 전혀 깨달을 수가 없었다.
　그런데 밤이 깊어 고요히 앉아 있노라니 달빛이 창밖에 은은
한 가운데 비로소 어떤 향기가 코끝에 감돌고 있음을 느꼈다.
바로 난초의 향기였던 것이다. 그 맑고 그윽한 향기를 어찌 말
로써 다 표현할 수 있겠는가? 난초 화분만을 보고서 보이지 않
는 그 향기를 내 어찌 당장 그 자리에서 쉽게 알 수 있겠는가?
　나는 말로 전할 수 없는 이 혼자만의 그윽하고 기쁜 느낌을
음미하면서, 내가 늘 좋아하는 '봄풀이 어떻다는 그 시 구절 때
문에 하늘이 이와 같이 난초 분을 보내어 그 실상을 여실히 보

여주는 듯하구나!'라고 생각하였다.

　홍간이 시 한 편을 발표할 때마다 현명하거나 어리석은 사람 가릴 것 없이 모두 좋아하고 서로 그것을 전했다.
　그런데 『논어』에서 이렇게 말하지 않았는가?

　고을 사람들이 모두 좋아해도 옳지 못하고, 모두 싫어해도 옳지 못한 것이다. 현명하고 바른 사람이 그것을 좋아하고, 그렇지 아니한 사람이 그것을 싫어하는 것만 못한 것이다.

　참으로 옳은 말이다. 시 문장을 짓는 것도 이와 같은 것이다. 어찌 다를 수 있겠는가?
　그래서 옛사람은 또 이렇게 말했다.

　시는 만고에 떠들썩하게 할 수는 있어도, 머리를 끄덕이며 속으로 깊이 공감하게 하기는 참으로 어려운 것이다. 큰 방에 가득 앉아 있던 사람들을 모두 놀라게 할 수는 있어도, 홀로 고요히 앉아 있을 때 그 마음을 움직이는 것은 진실로 어려운 것이다.

　생각할수록 참으로 명언이 아닐 수 없다.

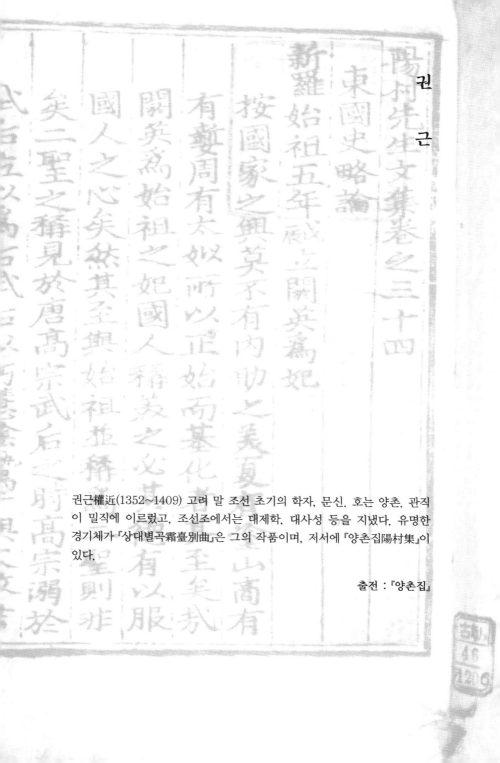

陽村先生文集卷之三十四

권 근

東國史略論

新羅始祖五年歲立開英爲妃

按國家之興莫不有內助之美夏之

有藝周有太姒所以正始而基化有

關英爲始祖之妃國人稱羙之必甚

國人之心矣然其至與始祖並稱則非

矣二聖之稱見於唐高宗武后之時高宗溺於

세상은 하나의 큰 물결

어떤 길손이 배에서 사는 노인을 보고 물었다.

"보아하니, 노인께서는 낚시 도구를 하나도 가지고 있지 않으니 고기잡이라고 할 수가 없고, 가지고 있는 물건이 아무것도 없으니 장사꾼으로 볼 수도 없고, 강의 가운데에 머물러서 오가지도 않으니 나루터의 뱃사공이라고도 볼 수가 없습니다.

조그만 배 하나에 의지하여 거친 물결 위에서 살고 있으니, 바람이 불고 물결이 사납게 일어나면 돛대가 기울고 노가 부러져 목숨이 경각을 다투는 위험한 지경이 될 것입니다. 그런데도 노인께서는 이렇게 위험한 물결 위에서 위태로운 일들을 마다하지 않고, 오히려 가없는 물 가운데로 나아가 돌아오려고 하지 않으니 도대체 이것이 무슨 까닭입니까?"

노인은 잠시 길손을 바라보더니 이렇게 말했다.

"오, 그대는 이런 것을 생각해 보지 못했소? 무릇 사람의 마음이란 원하는 것과 원하지 않는 것이 조석으로 바뀌어 변덕스럽기 짝이 없는 것이오. 평탄한 육지를 밟게 되면 으레 평탄할 것이라고 여겨 방심하고, 험한 곳을 밟게 되면 그때에서야 두려워서 떨게 되는 것이오.

떨면서 두려워하면 미리 조심하고 경계하여 제 자신을 안전하게 지킬 수 있겠지만, 늘 안전하다고 여겨 방심하면 반드시 방탕하고 위태롭게 마련이오. 나는 차라리 험한 곳에 있으면서 항상 조심할지언정, 평탄하고 안일하게 살면서 자칫 돌이킬 수 없는 지경에 빠지지 않으려 하오.

하물며 내 배는 이리저리 떠돌기 때문에 어느 한 곳이나 한쪽에 머물러 기우는 법이 없소. 만일 한쪽으로만 머물러 무게가 쏠리면 반드시 모든 것이 기울어져 위험하게 될 것이오. 내 배는 왼쪽으로도 오른쪽으로도 기울지 않고, 무겁지도 가볍지도 않게 그 중심을 지켜서 언제나 균형을 잡는다오. 어느 쪽에도 기울어지지 않아 배가 평온하게 되니, 아무리 거센 풍랑이 닥친다 해도 내 마음은 조금도 요동하지 않고 평온하다오.

인간이 사는 세상은 하나의 거대한 물결이요, 사람의 마음은 또한 하나의 거대한 바람이기 때문에, 내 한 몸이야 거칠고 끝없는 물결 위에서 표류하는 한 척의 작은 조각배와 같은 것이라오.

그런데 내가 배에서 세상 사람들을 바라보니, 편한 것만 믿고 어려운 때를 생각하지 않으며, 욕심만을 좇을 뿐 나중 일은 생각하지 않다가, 마침내 파멸하고 마는 사람들을 많이 보았소. 그런데 어찌 그대는 이런 것을 보지 않고 도리어 나만 위태롭다고 하오?"

말을 마치자 노인은 뱃전을 두드리며 노래를 불렀다.

　아득한 강과 바다 멀고도 멀어
　빈 배를 한가운데 띄웠네
　밝은 달 싣고서 홀로 가노니
　올해도 한가하게 끝나리라.

노인은 길손과 작별하고 말없이 떠났다.

— 舟翁說주옹설

내 비난할 것이 없다

김자정이 땅을 사서 작은 집을 짓고 띠 지붕을 올렸다. 그리고 자신의 호를 동두童頭(아이의 까까머리)라고 불렀다.

어떤 사람이 왜 호를 동두라 지었느냐고 물으니 이렇게 대답했다.

"나는 원래 얼굴에 광택이 나는 데다가 머리숱은 본래 드물었다. 내가 비록 술을 많이 마시지는 못하지만 술 마실 때는 청탁을 가리지 않고 사양하지 않는다. 그런데 내가 술에 취하면 자주 모자를 벗고 머리를 드러내 보이니, 내 민머리를 본 사람들이 모두 나를 보고 대머리라고 부르므로 이것으로 호를 삼은 것이다.

대개 호라는 것은 자기 자신을 달리 부르는 이름인데, 내가 대머리이니 대머리라고 부르는 것이 또한 옳지 않은가? 사람들이 내 모습대로 불러 주니 내가 그대로 받아 주는 것이 마땅하지 않은가?

옛날에 공자가 나면서부터 머리 위가 움푹하니 들어가서 이름을 구丘(언덕구. 움푹한 곳이 언덕처럼 솟으라는 뜻으로 이름을 지음)라고 지었다 하니, 생김새가 못생겼으면 못난이라 하고, 몸이 곱추처럼 생긴 사람은 등에 혹을 달고 있는 낙타라고 부르는 것이다.

옛 성현도 생김새를 가지고 호를 삼은 자가 많았는데, 내 어찌 혼자만 그것을 사양하겠는가? 또 속담에 '대머리는 빌어먹는 거지가 없다.'고 하였으니, 그것 또한 복 받을 징조이며, 사람이 늙으면 반드시 머리가 벗어지는 법이니 그것은 장수의 징조가 아니겠는가?

나의 가난이 빌어먹는 데까지 이르지 않고 수명 또한 천명대로 살다가 죽게 된다면, 어찌 그것이 대머리가 주는 큰 덕이 아니라고 할 수 있겠는가? 부귀와 장수는 누구나 바라는 것이다. 그러나 하늘이 만물을 세상에 낼 때, 이빨을 주면 뿔을 주지 않고, 날개를 주면 발 둘만을 주었으니,(네 개의 발을 가진 길짐승과 달리 날짐승은 날개가 있으니 두 개의 발만 주었다는 뜻) 사람도 그와 같아서 부귀와 장수를 함께 가진 자는 드문 법이다.

그리고 부귀하고도 능히 그것을 지키지 못하는 사람들을 내가 많이 보아 왔는데, 내가 어찌 그 부귀를 바라겠는가? 초가집이라도 있으니 내 몸을 가리고, 거친 음식으로라도 주림을 채우니, 천명을 따르는 데에는 부족함이 없지 않은가? 사람들이 이것으로 나를 부르고 나도 이것으로 스스로를 부르는 것은 실로 내가 대머리가 된 것을 좋아하기 때문이다."

내가 그의 말을 듣고 다음과 같이 말했다.

"아, 그대의 뜻이 진실로 나와 같구려. 내 얼굴빛이 검어서 사람들이 나를 까마귀라고 부르므로, 나도 일찍이 그것을 그대로 받아들였다. 대머리와 까마귀는 겉을 꾸며서 그렇게 된 것이 아니다. 그러나 다만 겉으로 드러난 외모로 말미암아 그렇게 부르는 것은 틀림없는 사실이다.

하지만 겉보다는 그 사람의 속을 보아야 하는 것이다. 얼굴은 윤기가 흐르며 아름다운 모습을 하고 있지만 아주 사나운 사람이 있는 것이니, 어찌 그 겉모습만으로 사람의 좋고 나쁨을 단정할 수 있겠는가?

그대는 심오한 학문과 뛰어난 재능으로 조정에서 벼슬한 지가 여러 해이고, 대간臺諫(사헌부의 관직)을 역임하고 시종侍從(늘 임금을 옆에서 보필하는 벼슬)의 관직에 오래 있어서 그 명성을 크게 떨쳤으므로, 많은 사람들이 그대가 더 높이 오를 것이라 기대하였다.

그러나 그대의 마음이 매우 겸손하고 부귀를 대수롭지 않게 여기며 작은 초가집에서 평생을 마치려고 하니, 그 깊은 속을 알 만하다. 이른바 '내가 비난할 것이 없다.'는 말이 바로 그대에게 해당되는 말이 아니겠는가?"

임자년 가을 8월 12일 소오자小烏子(작은 검은 까마귀라는 뜻으로 권근 자신을 뜻함) 쓰다.

— 童頭說 동두설

사사로움 없는 즐거움

　나는 일찍이 '산수를 유람하는 것은 오직 마음에 사사로움이 없고 나서야 그 즐거움을 알 수 있는 법이다.'라고 말한 일이 있다.

　나의 친구 이도주는 평해에 살면서, 매양 술을 지닌 채 소를 타고서 산수 사이를 유유히 소요하며 즐겼다. 평해는 명승지로 소문난 곳인지라, 이군은 옛사람이 미처 몰랐던 오묘한 유람의 즐거움을 다 알았을 것이다.

　무릇 어떤 사물을 볼 때, 빠르면 자세히 보지 못하고 더디면 미묘한 곳까지 다 볼 수 있는 법이다. 말은 빠르지만 소는 더디므로, 소를 타는 것은 곧 산수의 미묘한 정취를 음미하기 위하여 그 더딤을 취한 것이다.

생각하건대, 밝은 달이 하늘에서 비추면 산은 높고 물은 가없이 넓어서 위아래가 구분 없이 한 빛이므로, 굽어보나 올려보거나 실로 끝이 없을 것이다. 만사를 뜬구름같이 여기고 맑은 바람에 휘파람을 길게 불며, 소가 가는 대로 맡겨 두고서 이따금 생각나는 대로 술을 따라 홀로 마시면, 진실로 가슴은 활연히 트이게 될 것이다. 어찌 사사로움에 매인 자가 능히 이 즐거움을 알 수 있으랴.

옛사람이 혹 이런 즐거움을 얻은 일이 있었던가? 돌아보건대, 소동파가 적벽강에서 놀던 일이 아마도 이와 비슷하지 않을까? 그러나 동파가 위험한 배를 타고 즐기는 것은 소를 타고 즐기는 안전함만 같지 못하고, 술도 안주도 없이 집으로 돌아가 오직 아내에게 의지하는 것은 스스로 그것들을 예비하여 즐기는 편리함만 같지 못하며, 계수나무 돛대와 목란으로 만든 노를 쓴다 해도 이미 번거로운 일이고, 그렇다고 배를 버리고 산으로 오르는 것은 더욱 수고로운 일이 아닌가?

소를 타고 노는 즐거움을 그 누가 알랴! 성인 공자의 문하에 있었더라면 그대의 사사로움 없는 자유 자재함을 보고 모두 깊이 탄복하였을 것이라고 나는 진실로 믿어 의심치 않는다.

위의 글은 내가 젊었을 때 지은 것인데 그 초고를 잃어버린 지 벌써 30여 년이 되었다. 하루는 관청에 앉아서 최참지와 이야기하다가 우연히 이공이 소를 타는 것에 대해 말하자, 최공은 그 자리에서 내가 쓴 이 글을 하나도 빠짐없이 외웠다. 최공은 일찍이 평해에서 이공과 함께 놀았던 사람이라 30여 년 동안 이것을 외우며 잊지 않고 있었던 것이다. 나는 그것을 듣고 기뻐서 써 달라 하여 가지고 돌아왔다. 그 문장은 비록 졸렬하여 볼 만한 것이 없으나, 이공의 고결한 뜻과 최공의 뛰어난 기억력을 볼 수 있기 때문에, 기록해 간직하였다가 문집에 붙였다.

갑신년 겨울 10월

— 騎牛說기우설

세 가지의 벗

나의 고향 안동에 숨어 사는 김씨가 있는데, 그는 군자이다. 한때 벼슬을 한 적도 있는데 지조가 있고 악을 미워하며 구차하게 처세 같은 것을 하지 않는 사람이다.

지방에서 원님으로 있을 때는 갖가지 폐단들을 없애기 위해 온 힘을 쏟기도 했다. 그는 항상 입버릇처럼 말했다.

"백성을 다스리는 것은 사실 별것이 아니다. 농부가 곡식을 해치지 않도록 잡초를 먼저 없애는 것과 같다."

그래서 그가 가는 곳마다 아전들이 두려워하여 감히 부정을 저지르지 못했다.

벼슬에서 물러나 시골에 살면서는 늘 삽이 달려 있는 지팡이와 줄鑢이 달려 있는 칼과 짤막하고 날카로운 낫을 지니고 다녔는데, 그는 그것을 세 가지의 벗, 즉 삼우三友라고 불렀다. 잡초가 나면 삽으로 긁어 버리고, 잘못 뻗은 곁가지는 낫으로 잘라 버리고, 또 필요없는 것들은 줄과 칼로 깎고 쓸었다.

그렇게 해서 아름다운 꽃과 나무들이 보기 좋게 자라도록 다듬기를 게을리하지 않았다. 쓸모없는 풀이나 나무가 제멋대로 자랄 수 없었으므로 정원은 자연히 깨끗하게 정돈되었고, 논밭은 정연하게 가꾸어졌다. 그래서 온 고을 사람들이 모두 이것을 본보기로 삼았다.

병부(군사를 맡아보던 관청)의 김공 또한 그 고을 사람인데, 서울에 와서 나에게 예닐곱 차례나 세 가지의 벗에 대한 글을 써 달라고 부탁하였으나, 차일피일 미루면서 아직까지 쓰지 못했다. 내가 이미 김씨의 기풍을 사모하고 또 병부 김공의 청을 중하게 여기고 있으므로 이제 여기에 세 가지의 벗에 대하여 써 볼까 한다.

공자께서는, "유익한 벗이 세 가지(정직, 성실, 견문이 많은 사람)요, 손해되는 벗이 세 가지(외모만 갖추고, 아첨 잘하고, 말만 잘하는 사람)이다."라고 말씀하셨다. 이것은 마땅히 조심해서 친구를 사귀라는 가르침이다.

그런데 이 유익한 벗과 손해되는 벗은 우리와 같은 사람이기 때문에 비록 유익함과 손해됨의 차이는 있더라도 모두 벗으로 삼을 수 있다. 삽, 칼, 낫 등은 우리와 같은 사람이 아니기 때문에 그것을 벗으로 삼을 수는 없다.

그런데도 옛사람 가운데는 사람이 아닌 것을 벗으로 삼은 경우가 있다. 예를 들면 백낙천(당나라 시인)은 시와 술과 거문고를 세 가지 벗으로 삼았고, 증단백(송나라 시인)은 아홉 가지 꽃과 술을(「화중십우」라는 시에서 열 가지 꽃을 들었고 술은 없으니, 여기는 착오인 듯) 열 가지 벗으로 삼았다. 비록 사람은 아니지만 이것들을 통해서 즐거움을 얻고 근심을 달랠 수 있으니 벗이라 해도 무방할 것이다.

그런데 삽, 칼, 낫 등은 아주 하잘것없는 물건이다. 본다 해도 내 눈을 기쁘게 하지 못하고, 사용한다 해도 근심 걱정을 풀어주지 못하니, 사람에 비교한다면 내가 부리는 종은 될지언정 벗이라고는 할 수 없다.

대체 벗이란 무엇인가? 벗이란 내게 도움을 주는 것이다. 도를 얻은 사람과 벗하면 나의 덕을 닦는 데 도움이 되고, 뜻이 같은 사람과 벗하면 하는 일에 도움이 된다. 진실로 도가 같고 뜻이 서로 일치한다면 귀하거나 천하거나 상관없이 모두 함께 벗할 수 있다. 나의 뜻이 악을 미워하는 데 있고 저들이 악을 없앨 수 있는 힘을 가지고 있다면, 내가 그 힘을 빌려 내 뜻을 이룰 수 있으니, 어찌 저들을 버리고 벗하지 않겠는가?

무릇 사람에게 유익한 곡식을 가꾸는 자는 반드시 잡초를 제거하고, 난초와 혜초를 심는 자는 반드시 주변 가시덤불부터 제거해야 한다. 이것은 마음을 다스리는 데 있어서는 반드시 물욕을 버려야 하고, 나라를 다스리는 데 있어서는 반드시 간사한 무리를 제거해야 하는 것과 같다.

그러나 마음을 다스리는 것은 나에게 달려 있는 일이고, 나라를 다스리는 것 또한 하늘에 달려 있는 일이니, 어찌 모든 것을 벗에게만 기대할 수 있겠는가?

그런데 나쁜 것을 제거하는 데에 물건을 벗 삼아야 한다면 삽, 칼, 낫 같은 세 가지가 아니겠는가? 김씨가 세 가지를 벗으로 삼은 까닭은 숨어 사는 사람으로서 악을 제거하는 데에 뜻을 두었기 때문이다.

그러나 그가 관리가 아니므로 그것을 정치에까지 베풀 기회는 없는 것이다. 오직 안으로 마음을 다스리게 되니, 그 마음 다스리는 것이 밖으로 그렇게 일하는 데에 나타난 것일 뿐이다. 그래서 그의 몸가짐이나 행실이 더욱 건실해지면 절의가 더욱 높게 되어서, 그가 기르는 곡식과 화초가 날로 무성하게 번식하여 결실을 맺을 것이다.

저 백낙천이나 증단백을 보건대, 한갓 마음을 즐겁게 하고 근심을 씻게 하는 것을 벗으로 삼았는데, 그런 벗은 결국 마음을 나태하게 하여 자신의 의지를 상실하도록 하는 데에 이르고야 말 것이다. 거기에 비한다면 김씨가 벗 삼은 것들은 공자께서 말씀하신 유익한 세 가지의 벗이라 할 만하지 않은가?

아, 나는 마음이 물욕에 사로잡힌 지가 오래되었구나. 어떻게 하면 유익한 벗의 힘을 빌어 내 마음밭에 뒤엉켜 자란 잡초와 가시덤불을 제거할 수 있을까?

— 三友說삼우설

의술의 독점을 나무라며

전에 판사(고려 때 사헌부 등의 3품 벼슬)를 지낸 김공이 내게 이런 말을 했다.

"예전에 박천에 부임하였을 때 나를 따라온 사람이 있었는데, 그 사람이 어쩌다 독충에 물려서 1년이 넘도록 낫지 않았습니다. 목구멍은 부어서 바늘구멍만큼 좁아지고, 배는 북통처럼 부풀어올라서 먹고 마실 수가 없게 되니, 거의 죽을 지경에 이르렀습니다.

하루는 하도 답답한 나머지 도움을 청하고자 나에게 겨우 기어왔는데, 숨이 곧 넘어갈 듯이 괴로워하는 모습을 보니 참으로 딱하고 불쌍했습니다. 그래서 먹고 싶은 것 없느냐고 물었더니, 아무것도 먹고 싶은 것이 없다고 하기에, 나는 '소주는 가슴속의 답답한 체기를 내리게 할 수 있다.'고 말하면서 소주 한 잔을 마셔 보도록 권하였습니다.

그런데 그가 선뜻 마시기를 사양하기에, 내가 거듭 억지로 권하여 연거푸 두 잔을 마시게 하였습니다. 그 사람은 곧 취하여 밖으로 기어나가더니 아주 심하게 구역질을 하는 것이었습니다. 나는 혹 그가 어떻게 될까 염려스러워 사람을 시켜 나가 살펴보도록 했더니, 그 사람이 조금 뒤에 돌아와서, '고기 주머니를 토했는데, 헤쳐 보니 주머니 속에 가득 찬 것은 모두 기생충이었습니다. 그리고 또 한참 구역질을 하더니 이번에는 전에 토해 낸 것보다 훨씬 큰 덩어리를 토했는데, 살펴보니 모두 죽어 있는 기생충 덩어리였습니다.'라고 보고하는 것이었습니다. 그런 일이 있고 난 뒤에 그 사람은 씻은 듯이 병이 나았습니다.

또 우리 집안의 종 하나가 갑자기 중풍에 걸려, 밖에 나와 있어야 할 생식기가 모두 뱃속으로 들어가 없어지고, 입술과 손발은 시꺼멓게 되어 거의 죽을 지경이 되었습니다. 나는 딱히 치료할 구체적인 방법은 몰랐지만, 이치로 따져 보아 '기운을 밑으로 끌어내리면 거기에 따라서 생식기도 밖으로 밀려 나올 것이다.'라고 생각하였습니다.

그래서 소금물에 아주까리씨를 담가 놓았다가, 그 물을 말

구유통에 가득 채운 뒤, 그 속에 종이 들어가 누워 있도록 했습니다. 그랬더니 한참 만에 다행히 생식기가 조금씩 나오기 시작했습니다. 다시 더운 물을 더 붓고 계속 누워 있도록 반복했더니 드디어 생식기가 다 나오게 되고 병세가 크게 호전되었습니다.

이 두 가지 병에 대한 처방은 이전에 어디서 들은 것이 아니고, 다만 내가 여러 가지를 헤아려서 해 본 것인데, 요행히 들어맞게 된 것입니다. 이 방법은 매우 쉽고 또 효과가 빨라 모든 사람에게 널리 알리고자 늘 이것을 이야기해 왔습니다. 그러나 이것을 글로 써서 전하는 것이 더 널리 전파할 수 있고, 또 오래 전해질 수 있을 것이라고 생각하여 감히 당신에게 말하는 것입니다."

나는 김공의 말을 듣고 이렇게 말했다.

"의술이란 결국 의견으로 하는 것입니다. 어떤 병세를 살펴보고 그것이 암시하고 있는 요점을 헤아려서 약을 써야만 병을 치료할 수 있을 것입니다. 어찌 옛날의 처방에만 매여서 되겠습니까? 그러니 공은 의술에 참으로 밝다고 말할 만합니다.

내가 들건대, 요즈음에 고기를 먹고 급체한 사람들을 잘 치료하는 사람이 그 처방을 감추고 사람들에게 알려주지 않는다고 하며, 또 말을 잘 치료하는 사람도 그렇다고 합니다. 이것은 그 방술을 신비하게 만들어 그 이익을 독점하려고 하는 것이니, 참으로 속이 좁기가 한심하다 할 것입니다.

그런데 지금 공은 사람을 사랑하고 구제하려는 마음이 참으로 간절하고 지극했기 때문에, 병의 증세에 따라 아무것에도 구애받지 않고 처방하여 귀중한 인명을 구했고, 또 그 처방을 널리 알리고 오래 전해질 수 있도록 애쓰고 있습니다. 공의 넓은 마음과 두터운 음덕을 어찌 쉽게 헤아릴 수 있겠습니까?"

그러므로 기꺼이 이것을 써서 널리 전한다.

— 金公經驗說김공경험설

옥은 다듬어야 한다

　나와 동갑인 성석용의 자는 자옥自玉이다. 이미 삼봉 정씨(정도전을 이름)가 그 자의 뜻에 대하여 자세히 말한 바가 있다.

　그런데 내가 여기에 더해서 무슨 군소리를 붙일 수 있겠는가? 그러나 옛말에 '다른 산에서 나온 돌은 옥을 다듬는 데 쓰일 수 있다.'고 하였으니, 비록 나의 말이 변변치는 못할지라도 그대에게 조금이나마 도움이 될 수 있다면 내 어찌 그것을 마다만 할 수 있겠는가?

　천하에 보배는 금과 옥보다 더 귀중한 것이 없다고 한다.

　대아(『시경』의 편명으로 큰 정치를 시로 읊었음)를 보면 문왕(주나라 왕조의 기초를 닦은 명군)을 노래하여 이렇게 말하고 있다.

"참으로 금과 옥과 같은 바탕이로다."

이 말처럼 천하의 귀한 보배를 가지고 성인의 높고 지극한 덕을 비유하기도 한다. 그런데 금은 변할 수 있지만 옥은 절대로 변하지 않기 때문에 군자는 옥을 더욱 귀하게 여기는 것이다. 홀(고대의 왕들이 손에 들고 있던 긴 막대기 모양의 옥)을 잡고 패옥을 차되 특별한 연유가 없는 한, 그것을 절대로 몸에서 떼어 놓지 않는 것은 대체 무슨 까닭일까? 바로 옥으로 그 옥을 지닌 사람의 덕을 비유하고 있기 때문인 것이다.

옥의 온화하면서도 굳건하고 건실한 모양을 밖으로 드러난 용모로 삼고, 옥이 지닌 단단하고 변하지 않는 성질을 가슴속의 뜻으로 삼는다면, 군자가 자기 자신을 그 옥과 같이 만드는 것과 다름이 없는 것이다.

이렇게 하여 점차 자신을 닦고 다듬으며 발전해 나가면, 성인의 지극한 덕 또한 이루지 못한다고 어찌 말할 수 있겠는가? 오직 닦고 연마할 뿐이다.

그러므로 『예기禮記』에 이런 구절이 있다.

"옥은 다듬지 않으면 그릇을 만들 수 없고, 사람은 배우지 않으면 도를 알 수가 없다."

부탁하노니 자옥은 부디 힘쓰고 힘쓸지어다.

— 成自玉說後 성자옥설후

성 현

성현成俔(1439~1504) 15세기 조선의 대표적인 학자, 정치가, 음악 이론가. 호는 용재慵齋. 관직이 예조판서, 대제학에 이르렀다. 유명한 음악서 『악학궤범樂學軌範』을 비롯하여 『허백당집』, 『풍아록』, 『부휴자담론』, 『용재총화慵齋叢話』 등의 저서가 있다.

출전 : 『용재총화』

광대의 재치

    고려의 장사랑(종9품의 문관 품계) 영태라는 사람은 광대놀이 장난을 잘하였는데, 이런 일들이 있었다.

    겨울철인데도 어느 사찰 주변에 있는 '용 연못'가에 뱀이 나타났다. 중 하나가 그 뱀을 보더니 이것은 용의 새끼임에 틀림없다 생각하고 가져다가 기르고 있었다. 이 소식을 들은 영태가 하루는 밤에 옷을 벗고 온몸에 오색찬란한 용의 비늘을 그렸다. 그리고 절에 가서 그 중이 있는 방 창문을 두드리면서 이렇게 말했다.

    "스님, 나를 보고 겁내지 마시오. 나는 '용 연못'에 살고 있는 용신입니다. 듣자 하니 스님께서 근래에 나의 못난 자식을 사랑하여 보호하고 계신다기에 그 덕에 감동하여 감사의 말씀을 드리고자 왔습니다. 다음 저녁에 반드시 다시 스님을 모시러 찾아오겠습니다."

말을 마치자 그는 곧 사라졌다.

용과 약속한 날이 되자 중은 헌옷을 다 벗어 버리고 새옷으로 성장을 하고서 용을 기다렸다. 영태가 역시 용으로 분장하고서 나타나 중을 업고 연못가에 갔다. 그리고 중에게 이렇게 말했다.

"스님, 부디 나를 붙잡지 마시오. 눈 한 번 깜짝할 사이면 용궁에 도착할 것입니다."

중은 눈을 감고 손을 놓고 기다렸다. 그러자 영태는 중을 물속에 던지고는 돌아가 버렸다.

중은 잘 차려입은 옷을 모두 더럽히고, 몸에는 더러 상처까지 입은 채, 겨우 연못으로부터 기어 나와서는 그 길로 몸져누웠다.

이튿날 영태가 와서 스님을 보고 말했다.

"스님, 많이 아프십니까? 어쩌다가 그렇게 되었습니까?"

중이 말했다.

"용신이 이제 늙어서 노망을 했는지 아무 죄도 없는 나를 이렇게 만들었소."

영태가 충혜왕을 따라서 사냥 갔는데 틈만 나면 광대놀이 장난을 하였다. 그러자 왕도 장난삼아 영태를 물속에 던져 버렸다. 영태가 물속에서 흠뻑 젖은 채 기어 나오자, 왕이 크게 웃으며 물었다.

"너는 지금 어디로 갔다가 어디에서 오는 길이냐?"

영태가 머뭇거리지도 않고 태연하게 대답했다.

"예, 지금 굴원(초나라 시인. 귀양지의 멱라수라는 강에 투신자살함)을 만나 보고 왔습니다."

"그럼 굴원이 무슨 말을 하더냐?"

왕의 묻는 말에 영태는 역시 뜸도 들이지 않고 태연하게 대답하였다.

"굴원이 말하기를, 나는 우매한 임금을 만나 억울한 귀양살이 끝에 물에 빠져 죽었지만, 너는 훌륭하고 영명한 임금을 만났는데, 도대체 무슨 일로 여기까지 왔느냐고 했습니다."

왕은 기뻐하며 은그릇 하나를 선물로 내려주었다.

그런데 이때 마침 이 광경을 구경하고 있던 산림 관리인이 갑자기 물속에 뛰어들었다. 물속에서 허우적거리는 그를 왕이 사람을 시켜 머리칼을 붙잡고 끌어내게 하였다. 이상히 여긴 왕이 그가 물에 뛰어든 까닭을 물으니 대답했다.

"굴원을 보러 갔습니다."

왕이 다시 물었다.

"그래 굴원이 무슨 말을 하더냐?"

그 사람은 좀 머뭇거리더니 이렇게 대답했다.

"그 사람인들 무슨 말을 하겠습니까? 또 저 같은 사람인들 무슨 말을 하겠습니까?"

그 말을 듣고 주위 사람들이 모두 크게 웃었다.

풀이 없는 최영의 무덤

최영(고려의 명장. 충신)은 그의 아버지가 어렸을 때부터 늘 견금여토見金如土(황금 보기를 흙덩이 보듯이) 하라고 가르쳤다. 그래서 최영은 항상 이 네 글자를 몸에 두르는 띠에 써 가지고 일생 동안 가슴 깊이 새기며 잊지 않았다.

나라의 정권을 한 손에 잡고 그 위신이 나라 안팎에 떨칠 때에도 남의 것을 털끝만큼도 넘보거나 취하는 일이 없었다. 집안의 형편은 겨우 먹고 사는 정도에 불과했다.

당시에 재상들은 서로 제 집으로 초청하여 장기나 바둑으로 소일하면서, 산해진미의 성찬으로 호화로운 사치를 즐겼으나, 최영은 조금도 흔들림 없이 청렴한 생활을 이어갔다. 어쩌다가 손님을 맞이하게 되면 한낮이 다 지나도록 음식을 내오지 않다가, 해가 저물어서야 기장과 쌀을 섞은 잡곡밥에 잡동사니 나물 반찬을 내왔다.

그런데 손님들은 배가 고팠던지라, 그 거친 나물밥을 맛있게 다 먹고 나서는 이구동성으로 말했다.

"철성(작위 이름. 최영을 가리킴) 댁의 밥은 정말 맛이 있다."

그러면 최영은 웃으면서 이렇게 대꾸하고는 하였다.

"이것도 또 하나의 병법인 것입니다."

일찍이 태조(이성계)가 시중(고려 때 문하부의 으뜸 벼슬)이 되었을 때, 누군가 자기의 시 구절에 짝이 되는 구절로 화답할 것을 생각하며 다음 같은 시 한 구절을 읊었다.

　석 자 칼머리에 나라가 편안하고

그런데 주위에 있던 사람들 어느 누구도 이 구절의 위압감에 감히 뒤를 잇지 못하고 침묵하고 있었다. 그때 최영이 침묵을 깨고 크게 읊었다.

　한 가닥 채찍 끝으로 천지를 정하도다.

이 시구를 듣고 모두가 놀라고 탄복할 뿐이었다.

최영이 일찍이 임금을 속이고 정권을 농락하던 임견미와 염흥방 같은 소인배를 미워하여 그 종족들을 모두 죽인 일이 있었다. 나중에 최영 자신이 형장에서 죽음을 맞이하던 날 마지막으로 이렇게 말했다.

"나는 평생 동안 나쁜 짓을 한 일이 없다. 다만 임견미와 염흥방 일족을 죽인 것은 지나쳤다. 내가 탐욕하는 마음이 조금이라도 있었다면 내 무덤에 풀이 날 것이고, 그렇지 않았다면 풀도 나지 않을 것이다."

그의 무덤은 고양군에 있는데, 과연 지금까지도 한 줌의 잔디풀도 없이 벌거벗은 무덤이다. 세상 사람들이 풀이 없는 이 무덤을 홍분紅墳, 곧 붉은 무덤이라고 부른다.

스승 스님 곯려먹는 상좌

상좌(스승으로 모시는 중 밑에서 수행하는 자)가 그 스승인 중을 곯려먹는 것은 옛날부터 흔히 있는 일이었다.

옛날에 어떤 상좌가 있었는데 중에게 말했다.

"까치란 놈이 은수저를 입에 물고 문앞에 있는 가시나무에 올라 앉아 있습니다."

중이 이 말을 믿고 나무를 타고 올라갔는데, 갑자기 상좌가 큰 소리로 외쳤다.

"우리 스님이 까치 새끼를 잡아 구워 먹으려고 하네."

중이 깜짝 놀라서 엉겁결에 급히 내려오다가, 그만 가시에 찔려 온몸 여기저기 상처를 입고 말았다. 중은 화가 나서 상좌의

종아리를 사정없이 후려쳤다. 매를 실컷 얻어맞고 나서, 상좌가 이번에는 밤중에 중이 드나드는 문 위에 큰 솥을 매달아 놓고, 큰 소리로 "불이야!" 하고 외쳤다. 그 소리를 듣고 놀란 중이 급히 일어나 뛰어나가다가 그만 솥에 머리를 부딪쳐서 잠시 정신을 잃고 까무러쳤다. 한참 뒤에 정신이 들어 땅바닥에서 일어나 보니 아무데도 불난 곳은 보이지 않았다. 중이 불같이 화를 내며 상좌를 꾸짖는데, 상좌가 태연히 이렇게 말하는 것이었다.

"저는 다만 먼 산에 불이 난 것을 보고 소리를 질렀을 뿐입니다."

중은 이 말을 듣자 할 말을 잃었다.

"이제부터는 가까운 데서 난 불만 알리고, 멀리서 난 불은 절대 알리지 마라."

또 어떤 상좌가 중을 속여 이렇게 말했다.

"우리 집 이웃에 젊고 예쁜 과부가 있는데, 항상 내게 말하기를, '절 동산에 열린 감은 너의 스승이 혼자 다 자시느냐?' 하기에, 나는 '스승이 어찌 혼자만 먹겠습니까. 늘 사람들에게 나누어줍니다.'라고 대답했습니다. 그랬더니 그 과부는 '네가 내 말을 하고 좀 얻어오너라. 나도 감이 먹고 싶구나.'라고 말했습니다."

중이 그 말을 듣고, "그러면 네가 따다가 갖다 주어라." 하고 말했다. 그런데 상좌는 감을 모두 따다가 제 부모에게 갖다 주고 중에게는 또 이렇게 말했다.

"그 과부가 아주 기뻐하면서 맛있게 먹고 나서, '법당에 차려 놓은 흰떡은 너의 스님이 혼자 다 자시느냐?' 하기에, 제가 대답하기를 '스님이 어찌 혼자서 자시겠습니까? 매번 사람들에게 나누어줍니다.'고 하였더니, 과부는 또 '내가 그것을 좀 얻어먹고 싶어 한다고 전해 주려므나.' 하고 말했습니다."

중은 또 이 말을 듣고 "그렇다면 가져다 주어라." 하고 승낙했다. 상좌가 떡과 음식을 죄다 거두어서 자기 부모에게 갖다 주고 돌아와서는 또 중에게 말했다.

"과부가 아주 기뻐하면서 달게 먹고는 말하기를, '무엇으로 너의 스님에게 은혜를 갚아야 할지 모르겠구나.' 하기에, 제가 '우리 스님이 한번 서로 만나보고 싶어합니다.' 했더니, 과부가 기꺼이 그것을 허락하고 말하기를, '우리 집은 친척과 하인들이 많으니 스님이 오실 수는 없고, 마땅히 내가 기회를 틈타서 한번 절에 가 서로 만나 뵈는 게 좋겠다.'고 했습니다. 그래서 제가 아무 날로 약속을 정해 놓고 왔습니다."

중은 이 말을 듣고 좋아서 어찌할 바를 몰랐다.

드디어 약속 날짜가 되자, 중은 상좌를 보내어 과부를 맞아 오게 하였다. 상좌가 과부를 만나서 말했다.

"우리 스님이 폐병을 앓고 있습니다. 의원님이 말하기를 부인의 고운 신발을 따뜻하게 해 가지고 그것으로 배를 문지르면 나을 수 있다고 했습니다. 그래서 신발 한 짝만 얻어 가지고 갈까 합니다."

과부가 신발 한 짝을 내어주니, 상좌가 그것을 가지고 돌아와 문 뒤에 숨어서 방안을 몰래 살펴보았다. 중이 방을 깨끗이 청소하고 요까지 펴 놓고 있었다. 그리고 혼자 웃으면서 말했다.

"나는 여기에 앉고, 과부는 요기에 앉는다는 말이지. 내가 먹을 것을 권하면 달게 먹겠지. 그리고 내가 과부의 손을 잡고 자리로 이끌면 더불어 함께 즐거움을 누릴 수 있겠지."

상좌가 잠시 뒤에 들어가서, 과부의 신발 한 짝을 중 앞에 내던지면서 퉁명스럽게 말했다.

"일이 다 틀렸어요. 내가 과부를 애써 데려왔는데, 스님이 방에서 혼자 하는 행동거지를 모두 보고는 크게 성을 내며, '네가 나를 속였구나. 너의 스승은 미친병이 든 놈이다.' 라고 말하고서 급히 돌아가 버렸습니다. 내가 뒤쫓아갔지만 따라잡지를 못하고 다만 과부가 빠뜨리고 간 신발 한 짝만을 주워가지고 왔습니다."

중이 머리를 숙이고 탄식하며 말했다.

"네가 요놈의 방정맞은 주둥아리를 막대기로 좀 때려라."

상좌가 기다렸다는 듯이 옆에 있던 목침을 들어 힘껏 내리쳤다. 그 바람에 이빨이 다 부서지고 말았다.

물 건넌 중

어떤 중이 한 과부를 꾀어 장가 들기로 약속하고, 저녁에 그 과부 집을 찾아가려고 하는 참이었다. 그런데 상좌가 중을 곯려먹을 양으로 짐짓 속이며 이렇게 말했다.

"사람들이 말하는 것을 들어보니, 생콩을 갈아서 물에 타 마시면 양기 돋우는 데는 그만이라고 합니다."

중은 달콤한 생각에 빠져 미처 따져보지도 않고 상좌 말을 그대로 따랐다. 이윽고 과부의 집에 이르렀는데, 뱃속이 부글부글 끓고 그득히 차올랐다. 간신히 집으로 기어들어가 휘장을 드리우고서 발뒤꿈치로 항문을 꽉 틀어막고 앉았다. 그렇게 하고 있으니 위를 쳐다볼 수도 없고 아래를 굽어볼 수도 없게 되었다.

　조금 뒤에 과부가 들어왔다. 중이 다리를 꼬고 앉아서 꼼짝하지 않고 있으니, 과부가 이상하게 여기며 말했다.

　"왜 이렇게 나무를 깎아 만든 장승처럼 꼼짝 않고 있어요?"

　그러면서 손으로 밀었다.

　그 바람에 중이 방바닥에 넘어지면서 냅다 설사를 해대는 통에 똥냄새가 방안을 진동하였다. 결국 그 집에서 몽둥이찜질을 당하고 내쫓기고 말았다.

　한밤중에 쫓겨나서 황망하게 가다가 보니 그만 길을 잃고 말았다. 마침 저쪽에 희뿌연 기운이 길을 가로질러 있으므로, 중은 그것을 시냇물로 생각하고 바지를 걷어올리고 들어갔다. 그런데 그것은 냇물이 아니라 메밀꽃이었다. 중이 화를 내고서 또 한참 걷는데, 또 흰 기운이 길을 가로막고 있었다. 중이 혼자 중얼거렸다.

　"메밀밭이 벌써 한 차례 나를 속였는데 또 메밀밭이로구나."

　이번에는 옷을 벗지도 않은 채 그냥 뛰어 들어갔다.

　그러나 이번에는 진짜 물이었다. 그래서 옷이 모두 온통 젖어 물에 빠진 생쥐 꼴이 되고 말았다.

　어느덧 아침이 되어 한 곳의 다리를 지나는데, 부인 두세 명이 개울가에서 쌀을 씻고 있었다. 중이 무심코 중얼거리기를

'참, 시큼하다, 시큼해.'라고 하였다. 이것은 자기가 낭패를 보고 고생한 꼴을 빗대어 한 말이었다. 그러나 부인들은 그 말의 까닭을 알 리가 없었다. 떼를 지어 몰려와 길을 막고 말했다.

"지금 술 빚을 쌀을 씻고 있는데, 어찌 벌써 시큼하다고 말하는 거요?"

그러면서 모두 달려들어 옷을 다 찢고 중을 마구 때리는 것이었다.

해가 중천에 높이 떠오르도록 밥을 얻어먹지 못하여 배가 고파 참을 수가 없었다. 마침 마를 발견하고 그것을 캐어 먹고 있는데, 갑자기 주위가 소란해지더니 "길을 비켜라." 하는 소리가 들려왔다.

보아하니 수령의 행차였다. 중은 다리 아래 엎드려 피해 있다가, '이 마의 맛이 아주 좋으니 수령에게 갖다 바치면 밥이라도 얻어먹을 수 있을 것이다.' 하고 생각했다. 수령이 다리에 이르자 중은 급히 뛰어 나갔다. 그 바람에 수령이 타고 있던 말이 놀라 뛰니, 수령이 그만 말에서 굴러 떨어지고 말았다. 그래서 중은 또 한 차례 실컷 두들겨 맞았다.

중이 하도 피곤하여 기진맥진해 가지고 다리 아래 누워 있었다. 그때 마침 순찰을 도는 관원 두어 명이 다리를 지나다가 쓰러진 중을 발견하고 한 사람이 입을 열었다.

"저 아래 죽은 중이 하나 있구나. 이 기회에 매를 때리는 연습을 해 두는 것이 좋겠다."

두어 명이 달려들어 들고 있던 방망이로 두들겨 댔다. 그러다가 그중 한 명이 칼을 빼어들고 나오며 말하였다.

"죽은 중의 생식기는 반드시 귀한 약이 될 것이다. 잘라다가 써야겠다."

중은 이 말에 혼비백산 놀라서 소리를 치며 달아났다.

황혼녘이 되어서야 천신만고 끝에 중은 절에 도착했다. 그런데 문이 닫혀 있었다. 중은 큰소리로 상좌를 부르며 문을 열라고 외쳤다.

상좌는 나와 보지도 않은 채 안에서 크게 호통을 쳤다.

"우리 스님은 지금 과부 집에 가 계신다. 너는 어떤 놈이길래 이 밤중에 소리를 지르느냐?"

할 수 없이 개구멍으로 기어 들어가는데, 상좌가 중을 몽둥이로 사정없이 두들겨 팼다.

"이건 또 뉘집 개냐? 어젯밤에는 부처님에게 공양한 기름을 다 핥아먹더니 이제 또 왔느냐?"

지금도 세상 사람들은 낭패하여 고생한 사람을 가리켜 도수승渡水僧, 곧 '물 건넌 중'이라고 말한다. 또 가망이 없는 사람이나 가망 없이 끝나버린 일을 가리켜 '이미 물 건너간 사람이야.'

'그것은 벌써 물 건너 갔어.' 라고 말하는 것은 모두 이와 같은 것이다.

한 구실아치의 거드름

여흥(지금 경기도 여주) 민씨인 부원군(왕비의 아버지) 민공은 조정 회의에서 물러나오면 매양 이웃집에 가서 바둑 두는 것을 좋아했다. 하루는 공이 미복(지위가 높은 사람이 무엇을 살피러 다닐 때 눈에 띄지 않게 입는 수수한 옷)을 하고 이웃집에 갔는데 주인이 마침 보이지 않아 혼자 누각에 올라 앉아 있었다.

그런데 그때 어떤 구실아치(벼슬아치 밑에서 일하는 사람) 하나가 공을 모시러 공의 집에 가서 '나으리의 행방'을 물었다.

문지기 아이가 대답했다.

"나으리께서 외출하셨는데, 혹 이웃집에 가셨는지 잘 모르겠습니다."

새로 일을 시작한 구실아치였으므로 그는 아직 공의 얼굴을 알지 못했다. 할 수 없이 이웃집에 알아볼 양으로 갔더니, 마침 누각 위에 웬 영감 하나가 앉아 있기에, 그 위로 올라가서 다리 하나를 문에다 턱하니 걸쳐 놓고 물었다.

"노인은 뉘십니까?"

"이웃집에 사는 사람이오."

그가 또 노인을 바라보며 말했다.

"노인의 얼굴이 온통 주름살이니 어찌 된 일입니까? 꼭 가죽을 꿰매어 쭈그러뜨린 것 같습니다."

"타고난 바탕이 그러니 어찌 하겠소."

노인의 대답을 듣는 둥 마는 둥 하더니, 그는 또 잔뜩 거드름을 피우며 물었다.

"노인은 글을 좀 아십니까?"

"다만 이름 석 자를 쓸 줄 아는 정도요."

옆에 바둑판을 보더니 그는 또 물었다.

"노인은 바둑을 둘 줄 아십니까?"

"단지 가는 길을 좀 알 뿐이오."

"그러면 시험 삼아 한 판 두어 볼까요?"

드디어 둘은 바둑판을 두고 마주 앉았다. 공이 바둑알을 들면서 그를 보고 물었다.

"어디서 온 손님이요?"

"부원군을 뵈러 왔습니다."

"나는 부원군이 될 수 없을까요?"

"암탉은 울지 못하는 법입니다."

그는 여전히 거드름을 피우며 공에게 말했다.

조금 뒤에 주인 늙은이가 와서 꿇어앉으며 말했다.

"제가 영감님께서 앉아계신 지 몰랐습니다. 오래 기다리게 하는 큰 죄를 지었습니다."

그러자 그는 깜짝 놀라서 신발을 들고 그만 달아나 버렸다.

"비록 새로 들어온 시골사람이지만 의기가 뛰어나 보통 인물이 아니다."

공은 이렇게 말하고 그 뒤부터 그를 후하게 대접하였다.

익살맞은 속임질

　선비인 윤통은 익살스럽고 농담을 좋아하여 늘 사람을 속이기를 즐겼다.

　집은 영남이지만 윤통은 노상 이 고을 저 고을 떠돌아 다녔다. 어느 날 한 고을에 이르러 그곳 관청의 손님방에서 머물고 있을 때이다.

　기생과 더불어 방에 앉아 있는데 아전(각 관청의 구실아치) 한 사람이 왔다갔다하면서 여러 번 기생과 눈맞춤하는 것을 알아차렸다. 그는 아전에게 다른 뜻이 있음을 눈치채고, 그날 밤 자는 척하고 코를 골았다. 기생은 그가 잠든 줄 알고 가만히 몸을 빼어 밖으로 나갔다.

몰래 뒤따라가 보니, 창밖에서 기다리고 있던 아전이 다정하게 기생의 손을 잡고 이끌었다.

기생이 말했다.

"달빛이 물같이 맑고 아무도 없으니 우리 춤이나 한번 추어요."

그러고는 두 사람이 마주서서 너울너울 춤추기 시작했다.

윤통은 또 다른 아전 하나가 처마 밑에서 잠든 것을 보고, 그 아전이 벗어 놓은 밀짚모자를 가져다 자기 머리에 쓰고서 그들 곁으로 다가가 같이 춤을 추었다.

기생과 춤추던 아전이 그를 보고 말했다.

"우리 둘이서 한참 즐기고 있는데 너는 도대체 누구냐?"

"나는 동쪽에 있는 손님방에서 머물고 있는 사람입니다. 두 분이 춤추는 것을 보고 부러워서 이렇게 두 분의 즐거움을 돋우고자 할 뿐입니다."

아전이 깜짝 놀라고 두려워서 손을 모으며 사죄했다.

윤통이 아전에게 물었다.

"너는 이 관청에서 무슨 물건을 관리하고 있느냐?"

"공방에서 일하는데 가죽을 관리하고 있습니다."

"가죽이 얼마나 있느냐?"

"사슴 가죽 7장에 여우와 삵쾡이 가죽 수십 장이 있습니다."

아전의 말을 듣고 잠시 생각하더니 다시 말했다.

"내가 사또를 만나 쓸 데가 있다며 가죽을 요구할 것이다. 그러면 너는 그 숫자를 숨기지 말고 모두 내놓아라. 그렇게 하지 않으면 지금 너의 이런 행실을 낱낱이 고하겠다."

아전은 그렇게 하겠다고 대답하고는 급히 물러갔다.

다음날 윤통이 사또와 함께 앉아 있다가 말했다.

"내가 신을 만들려고 하는데 사슴 가죽이 없고, 가죽옷을 만들려 해도 여우 가죽이 없으니 좀 찾아보아 주시오."

"그대는 어디서 그런 것이 있다는 걸 들었소? 있기는 하지만 그 수가 얼마 되지 않아 쓸 수 있을지는 모르겠소이다."

사또가 아전을 불러 가죽을 내오라고 명했다. 그러자 아전이 약속대로 죄다 꺼내어 펼쳐 놓았다. 일이 이렇게 되자 사또는 난처한 입장이 되어 할 말을 잃었다. 윤통은 사또에게 그저 고맙다는 인사치레를 하고 그것들을 모두 거두어 돌아갔다.

윤통은 일찍이 그의 아저씨와 함께 서울을 왕래한 일이 있었다.

아저씨가 타는 말은 검은빛에 이마가 희고, 그가 타는 말은 온통 검은빛이었다. 그런데, 보아하니 아저씨는 매일 밤 윤통의 말은 기둥에 매어 놓고, 자기 말에게만 먹이를 주는 것이었다. 윤통은 이것을 보고 나서 흰 종이를 검은 말의 이마에 붙이고,

검은 종이를 이마가 흰 말의 이마에 붙였다.

어두운 밤이라서 아저씨는 어느 것이 진짜 자기 말인지 분간할 수가 없었다. 그래서 자기의 말은 도리어 기둥에 매어 놓고, 윤통의 말에게만 먹이를 주었다. 그렇게 되자 아저씨의 말은 비루먹은 것처럼 여위고 힘을 쓰지 못했다.

그 뒤에야 아저씨는 자기가 감쪽같이 속은 것을 알았다.

윤통은 집이 없는 것을 늘 걱정했다. 그런데 연화緣化(시주를 권하여 불사를 하게 하는 것)를 잘하는 중을 만나 서로 친숙하게 사귀는 사이가 되었다.

어느 날 그는 중에게 은근한 말씨로 말했다.

"내가 절을 하나 지어서 그동안의 내 악업을 씻고자 하네."

중은 몹시 기뻐하며 대답했다.

"그대는 필시 전생의 보살이었을 것이네. 그래서 이런 맹세와 소원을 하는 것이네."

윤통은 중이 자기의 말에 잘 따르는 것을 보고 또 이렇게 말했다.

"계림에 옛 절터가 하나 있는데, 산을 등지고 물을 앞에 두고 있으니 그야말로 명당으로서 절을 지을 만한 곳이네."

중이 수긍하는 것을 보고, 그는 곧 보시하도록 권하는 글을 한 편 써서 중에게 주었다. 중이 정성을 다하여 물자를 마련하고, 그도 역시 힘을 보태어 목재도 충분히 갖추게 되었다. 마침내 집터를 닦고 집을 짓는데, 절집과는 조금 다르게 온돌방을 많이 만들고, 또 문 앞의 황무지를 개간하여 채소밭도 갖추게 되었다. 이미 건물은 단청도 다 입히고 불상도 제자리에 모셔 놓았다.

중이 드디어 경축하는 법회를 열어 낙성식을 거행하려고 하였다. 그는 때를 맞추어 중에게 말했다.

"우리 집 아내가 와서 부처님을 참배하고자 합니다."

중은 흔쾌히 승낙하였다. 드디어 윤통과 그의 아내가 집에 딸린 식구와 노비들을 모두 거느리고 절에 왔다. 그러고는 병을 핑계하고 계속 머물고, 그러는 사이 살림을 죄다 옮겨 놓고 살게 되었다.

마침내 중은 들어갈 자리를 잃고 말았다.

중이 관청에 소송을 냈으나 그것도 차일피일 날짜만 지날 뿐 처리가 되지 않았다. 결국 그 집은 윤통의 집이 되고 말았다.

윤통의 집안은 아무 우환도 없었고 그는 80세까지 천수를 다 누리고 세상을 떠났다.

장님 이야기

　한 장님이 있었다. 장님은 제 눈으로 볼 수 없는데도 아내 몰래 미녀에게 장가들고 싶다는 가당치 않은 소원을 가지고 있었다. 그래서 이웃사람에게 그것을 은밀히 부탁해 두었다.

　어느 날 이웃사람이 찾아와 말했다.

　"우리 이웃에 몸매와 얼굴이 아주 예쁜 절세 미녀가 하나 있는데, 그대의 소원을 들려주면 흔연히 응할 것 같으나, 다만 재물을 아주 많이 달라고 할 것 같소."

　장님은 이 말을 듣고 귀가 번쩍 뜨였다.

　"만약 그것이 사실이라면 내 재산을 다 바쳐 파산에 이르더라도 어찌 그것을 마다하겠소?"

그러고는 아내가 나가고 없는 틈을 타서 깊이 넣어 둔 재물을 찾아 모두 중매쟁이 이웃에게 주고 만날 날을 약속하였다.

드디어 장가들기로 약속한 날이 되자 장님은 새옷으로 잘 차려입고 나섰다. 그런데 그의 아내도 역시 화장을 정성들여 고치고 남편 뒤를 몰래 따라가더니, 그 집에 이르러서는 먼저 방에 들어가 남편을 기다렸다. 뒤에 온 장님은 아무것도 모른 채 그 절세 미녀와 간단한 혼인식을 치르게 되었다.

그래서 이날 밤 장님은 자기 아내와 함께 잠자리에 들었는데, 아기자기한 인정과 자상한 태도는 그전과 완연히 달랐다. 장님은 절세 미녀라 믿고 있는 그 여자의 등을 어루만지며 다정하게 말하는 것이었다.

"오늘밤이 무슨 밤이기에 이와 같이 좋은 사람을 만났는고. 만약 귀한 음식에 비유한다면 그대는 팔진미의 하나인 곰의 발바닥이나 표범의 태胎와 같소. 그에 비하면 우리 집사람은 겨우 명아주 국이나 거친 현미밥과 같소."

꿈 같은 하룻밤을 지내고 또 아낌없이 많은 재물을 그 여자에게 주었다. 새벽이 되자, 아내는 먼저 집에 돌아와 이불을 안고 앉아서 졸다가, 남편이 들어오는 것을 보고 물었다.

"어젯밤에는 어디서 주무셨소?"

장님은 시치미를 딱 떼고서 이렇게 말했다.

"아무개 정승 집에 가서 경을 외고 왔소. 그런데 밤 추위로 배탈이 났으니 술을 좀 걸러서 약으로 마시게 해 주오."

이 말을 듣자 아내는 발끈하고 화를 내며 꾸짖었다.

"곰발바닥이나 표범의 태를 많이 먹고 거기다가 명아주 국과 현미밥으로 오장육부를 요란하게 뒤집어 놓았으니 어찌 배가 아프지 않을 수 있겠소?"

장님은 그제서야 자기가 완전히 속은 줄을 알고 꿀 먹은 벙어리가 되었다.

또 서울에 한 장님이 있었는데, 한 젊은이와 친구가 되어 사이좋게 지냈다.

하루는 그 젊은이가 와서 말했다.

"내가 길에서 나이 어린 예쁜 색시를 만났는데, 그 여자와 잠깐 중요한 이야기를 하고 싶습니다. 그러니 주인께서는 잠시 별실을 빌려주실 수 있겠습니까?"

장님은 흔쾌히 별실을 빌려주고, 자기는 밖으로 나가며 친절하게도 자리를 비켜 주었다. 젊은이는 그제야 마음놓고 장님의 아내와 별실에 들어가 시간이 얼마나 지나는지도 모르고 서로 애틋한 정을 나누었다.

장님은 창밖에서 그가 나오기를 기다리며, '무슨 이야기를 하길래 어찌 이렇게 오래 걸리느냐? 빨리 나와라. 우리 집사람이 보면 이거야말로 큰일이 난다.' 하고 혼자 중얼거리며 어찌할 바를 몰랐다.

조금 뒤 아내가 밖에서 들어오면서 화가 난 듯 물었다.

"그 새에 어떤 손님이 왔었소?"

장님은 당황하여 이렇게 대답했다.

"아니오. 아무도 안 왔었소. 정오쯤에 동쪽 마을에 사는 신씨가 잠시 나를 찾아왔을 뿐이오."

법신의 익살

　장원심이라는 중이 있었다. 키가 커서 여러 사람들 사이에서 언제나 우뚝 솟았으며, 긴 복도의 벽 위에 걸려 있는 현판도 쉽게 손으로 만질 수 있었다.

　그는 사람됨이 익살스럽고 사사로운 욕심도 없었으며, 사는 곳 또한 일정하지 않았으나, 그렇다고 다니는 곳이 일정한 범위를 크게 벗어나는 것도 아니었다. 밤이 되면 간혹 담장 밑에 기대어서 밤을 지새기도 하고, 어쩌다 병이 들면 그냥 저잣거리에 드러눕기도 하였다. 그러면 저자에 사는 사람들이 다투어 음식을 갖다 주기도 하고, 벼슬아치와 재상의 집에서는 찬합과 반합에 먹을 것을 담아서 도와주는데 조금도 인색하지 않았다.

나라에 수해나 가뭄이나 요사한 재앙이 있을 때는 제자들을 모아 놓고 정성스럽게 기도를 하였다. 그러면 더러 그 기도에 응답이 있기도 했다.

천금을 받더라도 기뻐하지 않고 백 가지 물건을 잃더라도 성내는 일이 없었다. 남이 주는 옷가지가 있으면 그것이 남자의 것이든 여자의 것이든 가리지 않고 모두 몸에 걸쳤다. 혹 다른 사람이 옷을 구걸하게 되면 모두 벗어 주었으므로, 옷이 있으면 몸을 가리고 옷이 없으면 벌거숭이가 되었다. 때로는 풀을 엮어 몸에 걸치고 다녀도 조금도 부끄러워하지를 않았다. 간혹 비단옷을 입어도 그것을 영화롭게 여기지 않았다.

남에게서 받은 물건이 한없이 많지만 남에게 준 것 또한 헤아릴 수 없이 많았다. 높은 벼슬아치를 보더라도 조금도 공경하지 않았으나, 어리석은 부인네를 보면 서로 허물을 두지 않고 말을 나누었으며, 버려진 시체를 보면 반드시 업고 가서 묻어 주었다. 하루는 구렁 속에 떨어져 있는 시체를 보고 통곡하며 슬퍼하다가 묻어 주려고 업었는데, 시체가 고마워서 그랬던지 등에 붙어서 사흘 동안이나 떨어지지 않았다. 그 제자들이 모두 부처님에게 기도하여 겨우 시체가 등에서 떨어졌다. 그 이후로는 시체를 업지 않았다.

한번은 제자들에게 이렇게 말한 일이 있었다.

"내가 이제 내 살과 뼈를 불태워 화신化身(다른 몸으로 나타나는 일)하고자 하노라."

제자들이 이 말을 듣고 나무를 높이 쌓아 몸을 불태울 준비를 하였다. 원심은 그 나뭇단 위에 걸터앉아 불을 붙이도록 하였다. 이윽고 불꽃이 거세게 일어나 다가오자 원심은 뜨거운 고통을 참다가, 불꽃과 자욱한 연기에 몸을 숨기고 몰래 빠져나와 절로 돌아왔다.

제자들도 스승이 죽었다고 여기고 서로 울면서 절로 돌아갔다. 그런데 절에 돌아와 보니 스승 원심이 선실 가운데 가부좌를 하고 엄숙히 앉아 있는 것이 아닌가? 제자들이 모두 절하며 어떻게 된 영문인지 물어보니, 원심은 이렇게 말하는 것이었다.

"내가 서천西天(여기서는 서방정토의 극락)을 다녀왔다. 사대四大(불교에서 말하는 물질 구성의 네 가지 원소 흙, 물, 불, 바람)는 이미 화신하여 갔으나, 법신法身(생사를 겪는 물질의 몸과 달리 그 몸들이 비롯하는 불변의 본체)은 영원히 머물러 있기 때문에 없어지지 않는 것이다."

원심은 말을 마치자 손뼉까지 치면서 크게 웃었다.

닭 중의 노래

어떤 중 하나가 있었는데 몸이 아주 작고 한쪽 다리를 조금 절었다.

그 중은 장안에 살면서 매일같이 성안을 여기저기 돌아다녔다. 붉은 대문을 한 부잣집이거나 높은 벼슬아치의 귀한 집이거나 가리지 않고 찾아다녔다. 그런데 항상 손뼉을 쳐서 닭이 날개를 치는 시늉을 하기도 하고, 또 입을 작게 오므려서 마치 수탉이 길게 우는 울음소리를 내기도 하였다. 어떤 때는 두 마리 닭이 서로 싸우고 있는 흉내를 내는가 하면, 암탉이 알을 낳는 흉내도 내었다.

천 가지 소리와 만 가지 흉내를 내는 모양이 참으로 그럴듯하지 않은 것이 하나도 없었다. 어떤 때는 마을에 있는 닭들이 그 흉내 내는 소리에 호응하여 우는 일도 적지 않았다.

그리고 그는 이런 노래를 지어서 몸을 흔들며 크게 불렀다.

이승의 삶이여, 이승의 삶이여
한 칸의 띳집도 마음이 즐겁고
이승의 삶이여, 이승의 삶이여
백 번 기운 누더기 옷을 걸쳐도
또한 싫지가 않도다
염라대왕의 사자가 잡으러 오면
세상에 살고자 한들 어찌할 수 없으리.

또 이런 노래도 불렀다.

관음제석(관음보살과 제석천)이여, 제석관음이여
이 몸이 만일 죽는다면
온전히 지옥에 떨어지리라.

그의 노래라는 것이 이와 같은 것이 많았고 곡조 또한 농가의 곡조와 비슷하였다. 이렇게 노래를 부르고 다니므로 수많은 아이들이 떼를 지어 그를 따라다녔다.

그래서 그는 이렇게 말하기도 했다.

"내가 거느리고 다니는 아랫사람의 수는 비록 재상일지라도 이에 미치지 못할 것이다."

하루에 얻은 것이 많을 때는 곡식이 열 말 한 섬이나 되었으니 그의 의식을 해결하는 데는 부족함이 없었다. 그때의 사람들이 모두 그를 '닭 중'이라고 하였다.

괴승의 기행

신수라고 하는 한 중이 있었다. 나와 같은 고향인 파주에서 나고 자랐는데 낙수(지금 임진강)의 남쪽에 조그만 초가집 절을 짓고 살았다.

성품이 호탕하고 익살맞아서 말만 하면 포복절도하지 않는 사람이 없었다. 또 재물에 인색하거나 물건을 아까와하는 기색이 전혀 없었다. 집안의 재산과 논밭을 모두 여러 조카들에게 나누어주고, 자기 자신은 한 번도 호미로 풀을 매거나 논을 가는 일이 없었다. 그럼에도 언제나 흰 쌀밥을 먹고 살았다.

늙어서는 얼굴이 탈바가지 같았는데, 때로는 머리를 흔들고 눈알을 굴리며 16나한羅漢(깨달음을 얻은 부처의 제자들)의 형상을 지어 보였다. 얼굴 하나하나가 실제 나한의 형상처럼 모두 달랐다. 또 어떤 사람의 행동거지를 보면 그 모양을 똑같이 흉내 내어 보였다. 그리고 평소에 한 번도 보지 못한 높은 벼슬아치일지라도 일단 만나게 되면 오랜 친구처럼 허물없이 이름을 부르며 서로 너, 나 하며 지냈다.

그가 사는 절집 근방에 한 늙은이가 어린 아내를 데리고 살고 있었는데, 중이 그 여자와 정을 통하고 다정하게 지내는 관계가 되었다. 늙은이는 가난해서 살기도 어려운지라 중의 도움도 받을 겸해서 아예 아내를 데리고 중의 집에서 같이 살게 되었다. 중은 그 늙은이도 아주 좋아해서 친절하고 후하게 대접하며 오순도순 함께 살았다.

세 사람은 한 이불 속에서 함께 잠을 자고 지냈지만 서로 조금도 질투하는 일이 없었다. 이들은 아들 하나와 딸 하나를 낳았는데, 혹 누가 물으면 중은 늙은이의 자식들이라 하고, 늙은이는 중의 자식들이라고 하였다.

중이 절에 있을 때면 늙은이는 땔나무를 해 오거나 채소밭을 가꾸거나 했고, 중이 만약 길을 떠나게 되면 늙은이는 짐을 지고 하인처럼 따라다녔다. 절에서 이렇게 함께 산 지 두어 해만에 아내가 죽었으나 늙은이는 여전히 중을 따라다니며 같이 살았다. 두 사람 사이가 마치 의좋은 형제 같았다. 나중에는 늙은이마저 죽게 되자 중은 시체를 업고 가서 양지바른 곳에 묻어 주었다.

중은 술 마시는 것을 좋아하여 그야말로 청탁을 가리지 않고 마셨는데, 마치 고래가 물을 들이켜듯 많이도 마셨다. 짓궂은 사람들이 그를 속이고 술 아닌 것을 갖다 주어도, 가령 소의 오줌이나 심지어 흙탕물 같은 것까지도 흔연히 단숨에 마시고는, '이 술은 좀 쓰군.' 하면 그만이었다. 또 밥도 잘 먹었다. 마른 밥이나 딱딱하게 마른 떡일지라도 조금도 사양하지 않고 순식간에 먹어 치웠다. 많은 사람들이 보는 가운데서도 공공연하게 생선과 고기를 먹었다. 사람들이 그걸 보고 비웃기라도 하면 그는 이렇게 말했다.

"이것은 흙이나 마찬가지다. 또 내가 죽인 것이 아닌 바에야 먹어도 그게 무슨 상관이 있겠느냐?"

경인년에 내가 상을 입어 파주에 있을 때에 중이 자주 오았는데, 그때 그의 나이가 70을 넘었는데도 기운은 오히려 정정하였다.

혹 어떤 사람이, '왜 중이 아내를 맞이하고 술과 고기를 먹느냐?' 하고 물으면, 그는 이렇게 대답하는 것이었다.

"이 세상 사람들은 망녕되이 이것저것 분별하고 시비하는 헛된 마음을 일으켜 이익을 좇고 욕심을 다투며 서로 싸운다. 그래서 어떤 사람은 마음속에 포악함을 감추고 있고, 어떤 사람은 아직 번뇌에서 벗어나지 못하고 있다. 저 출가한 승려들조차 모두 이와 같다. 고기 굽는 냄새를 맡으면 억지로 군침을 삼키면서 먹기 싫은 체하고, 아름다운 여인을 보면 음란한 마음을 애써 감추며 아무렇지 않은 체한다.

나는 이런 사람들과는 다르다. 고기 냄새를 맡고 먹고 싶으면 먹고, 아름다운 여인을 보면 곧 가까이 한다. 물이 아래로 흐르듯이 흙이 구덩이를 메우듯이, 분별하는 헛된 마음을 일으키지 않고 사물을 무심히 대하여 털끝만큼의 사사로움도 없다. 내가 다음 세상에 부처가 되지 못한다면 반드시 나한은 될 것이다. 세상 사람들은 재물을 아껴서 오직 쌓아 두기에만 힘쓰지만, 이 몸이 한 번 죽게 되면 그 재물이란 것은 남의 것이 되어 버리고 만다.

살아생전에 잘 마시고 잘 먹고 즐겁게 지내는 것만 못한 것이다. 무릇 자식이 된 사람은 그 어버이를 섬길 때에 마땅히 큰 떡과 맑은 꿀 한 되를 마련하고, 향기로운 술을 거르고 고기를 다져서 아침저녁으로 드실 수 있도록 해야 할 것이다. 어버이가 돌아가시고 난 뒤에 마른 과일과 먹다 남은 술과 다 식은 고기 전을 관 앞에 차려놓고 서럽게 운들 그것을 먹을 사람이 있겠는가? 너는 비록 이와 같이 어버이를 섬기지는 못했다 하더라

도 너의 자식으로 하여금 이와 같이 너를 섬기도록 함이 좋을
것이다."

어떤 때는 자기 앞에 음식을 차려놓고 방울을 흔들고 경을
외면서 스스로 자신의 혼을 불러 이렇게 말하기도 한다.

"신수여, 신수여, 극락정토에 왕생하라. 살아서는 비록 미치광
이처럼 난잡했으나 죽어서는 마땅히 진실하여라."

말을 끝내고는 곧 소리내어 우는데, 그 울음소리가 매우 처절
하였다.

그러나 곧이어 다시 손뼉을 치며 크게 웃고는, 바랑을 메고
어디론가 사라져 버렸다.

그는 원래 누구한테고 작별을 고하는 일이 없었다.

술버릇과 풍류

안율보는 성질이 다정다감하여 친구를 좋아하는 사람이었다. 술자리에서 취하면 매우 정답게 친구의 손을 어루만지며 농담과 해학을 즐기고는 하였다.

그가 일찍이 예조(예의, 외교, 과거 등을 맡은 관청)의 정랑(종5품 벼슬)이 되었을 때에 공무 때문에 판서(각 관청의 으뜸인 정2품 벼슬) 홍인산을 뵈러 간 일이 있었다. 인산은 율보가 술 좋아하는 것을 아는지라 곧 술자리를 마련하였다. 술 좋아하는 두 사람이 마시다 보니 하루 종일을 마셔 몹시 취하게 되었다.

어여쁜 여자 하나가 술자리에서 술잔을 권했는데, 바로 홍인산의 첩으로서 그가 매우 아끼고 사랑하는 사람이었다. 안율보가 술에 취해 분별없이 그 여자의 손을 문득 잡으니, 여자가 놀라 일어서서 달아나는 바람에 적삼의 소매가 끊어져 떨어지고 말았다.

그런데 대취한 율보가 그 여자를 따라 나가다가 뜰에 쓰러져 넘어지면서 정신을 잃고 누워 버렸다. 그때 마침 갑자기 소나기가 내리기 시작했다. 쓰러져 누워 있는 율보는 소나기를 온몸에 맞으면서도 깨어날 줄을 몰랐다. 인산은 하인들에게 율보를 깨우지 말고 그대로 두게 했다.

어느덧 날이 저물어서야 흙물에 온통 젖은 채 율보가 일어났지만 모든 일은 이미 끝나고 난 뒤였다. 어쩌다가 뜰에 쓰러져 잠을 자고 있었는지 몽롱하여 아무 기억이 나지 않았다. 낭패를 보고 난 뒤의 씁쓸함과 부끄러움 때문에 주인에게 한마디 인사도 없이 도망치듯 빠져나와 집으로 돌아갔다.

그런데 조금 지나자 인산의 하인이 와서 나으리의 분부라 하며, 인산의 편지와 함께 보자기에 싸인 물건을 놓고 갔다. 보자기를 풀어 보니 깨끗한 새옷 한 벌이 들어 있었다. 그리고 인산의 편지에는 이렇게 쓰여 있었다.

"하늘이 무심하여 소나기로 하여금 귀하의 옷을 못쓰게 더럽혀 놓았는데, 그것은 실로 내가 그대에게 술을 지나치게 권했기 때문에 생긴 일이다. 변변치는 않으나 옷 한 벌을 갖추어 보내거니와, 여자의 옷소매를 끊어지게 한 것은 그대가 말미암은 것이니, 그대 스스로 마땅히 변상해야 할 것이다."

율보가 뒤늦게야 술자리에서 무슨 일이 있는지 알고 나서 크게 자탄하며 말했다.

"당상의 어르신에게 그런 무례를 범했으니 이제 무슨 낯으로 뵐 것인가?"

그 뒤 율보는 벼슬을 내어 놓고 떠나려 했다.

인산의 집으로 찾아가 깊이 사죄하고 떠나려 하니, 인산은 굳이 말리며 그를 방 안으로 맞아들였다. 그리고 이내 술상을 내오게 하여 다시 술을 마시게 되었다. 취기가 도도해지자 율보는 또 흥에 겨워 옆에 앉아 있는 그 여자의 손을 잡으니, 홍인산이 큰 소리로 껄껄 웃으며 말했다.

"그대의 넘치는 풍류의 정은 실로 이 세상에 그 짝이 없도다."

이 소식은 잘못된 술버릇을 짐짓 풍류의 정으로 덮은 홍인산의 너그러움에 힘입어 널리 퍼지고, 선비들 사이에서는 큰 웃음거리가 되었다.

장님의 독경에 쇠귀가 되다

　옛날에 어떤 사람이 집에서 기르는 비둘기를 몰래 가지고 시골로 내려가다가 어떤 집에 들러 하룻밤을 묵게 되었다. 잠을 자고 나서 새벽에 일찍 일어나 집을 나갔기 때문에 그 집에서는 손님이 무엇을 가지고 있었던지 전혀 알 수 없었다.

　그가 시골에 도착하여 비둘기를 내어 놓으니 비둘기는 서울의 집을 찾아 날아갔다. 그런데 비둘기는 전에 묵었던 집 위를 빙빙 몇 바퀴를 돌고는 날아가는 것이었다. 그 집 사람들이 비둘기가 자기 집 위를 빙빙 돌다가 날아가는 모습을 보고 깜짝 놀라서 독경을 잘하는 장님을 찾아가 물었다.

　"비둘기도 아니고 참새도 아닌 새가 방울소리 같은 울음소리를 내면서 집을 세 번 돌다가 날아갔는데 이것은 무슨 상서로운 징조입니까?"

장님이 말했다.

"이것은 반드시 큰 화가 일어날 징조요. 내가 가서 그 화를 독경하여 물리치겠소."

이튿날 장님을 맞이하여 집에 오니 장님이 말했다.

"반드시 내가 하는 대로 따라하시오. 내가 하는 대로 하지 않으면 도리어 화가 커질 것이오. 시험 삼아 말해 볼 터이니 당신들은 그렇게 하시오."

장님이 큰 소리로 말했다.

"명미命米(독경할 때 놓는 쌀)를 내놓아라."

여러 사람들도 모두 따라서 했다.

"명미를 내놓아라."

장님이 또 말했다.

"명포命布(독경할 때 놓는 비단이나 광목 필)를 내놓아라."

모두 따라서 외쳤다.

"명포를 내놓아라."

"왜들 이러는가?"

여러 사람들이 또 그대로 따라서 했다.

"왜들 이러는가?"

장님이 드디어 화가 나서 밖으로 뛰쳐나가다가 문설주에 머리를 부딪치고 말았다. 그러자, 모든 사람들도 달려 쫓아가면서 다투어 문설주에 머리를 부딪쳤다. 어린아이들은 사다리를 놓고서 머리를 부딪치기까지 했다.

　장님이 문 밖으로 나가다가 앞을 보지 못하니 쇠똥을 밟아 넘어지고 말았다. 따라 나오던 사람들이 모두 멀쩡한 눈을 뜨고도 쇠똥을 밟고 넘어지는데, 쇠똥이 없어지자 어떤 사람은 쇠똥을 더 갖다 놓고 넘어지기도 하였다.

　장님이 아주 당황하여 동아 덩굴 밑으로 들어가 숨으니, 또 모든 사람들이 따라서 동아 덩굴 밑으로 들어가 쓰러지며 산더미처럼 서로 포개어졌다. 미처 따라 들어오지 못한 아이들이 울부짖으며 말했다.

　"엄마, 아빠, 나는 어디로 들어가?"

　엄마 아빠가 대답했다.

　"동아 덩굴로 들어올 수 없으면 남쪽 기슭의 칡잎 밑으로라도 들어가라."

　과연 '쇠귀에 경 읽기'이니, 장님의 독경에 쇠귀가 되는 격이라 하겠다. 제 앞도 못 보는 사람의 독경에 무슨 효험이 있겠는가?

꿈의 징험

　무릇 꿈이라고 하는 것은 모두 생각하는 데에 따라서 이루어
진다. 그런데도 그 꿈이 하나하나 다 맞는 것은 아니지만, 그 징
험을 겪는 일도 많으니 참으로 신묘하지 않을 수 없다.

　내가 전에 꿈을 꾸고 나서 그 꿈이 기이하게도 딱 들어맞은
적이 네 번 있었다.

　내 나이 십칠팔 세였을 때 꿈을 꾸었는데, 꿈에 산골짜기를
들어가니 산은 기이하게 생겼고 물은 맑은데 시냇물을 끼고 복
숭아꽃이 눈부시게 피어 있었다. 어떤 절에 도착하여 바라보
니 푸른 잣나무 몇 그루가 뜰에 그림자를 드리우고 있었다. 마
루에 오르니 불당 안에는 황금 불상이 있고 늙은 중이 염불하

는 소리가 골짜기와 숲속을 진동하였다. 거기서 물러나와 좀 떨어져 있는 또 다른 방에 들어가니, 곱게 단장을 한 어여쁜 여자 몇 명이 악기를 연주하고 사모를 쓴 관원이 내게 술을 권했다. 내가 술에 몹시 취하여 달아나다가 문득 하품을 하며 기지개를 켜는 바람에 꿈에서 깨어났다.

그후 몇 해가 지난 뒤에 내가 형님과 함께 어머니를 모시고 해주에 간 일이 있었다.

하루는 신광사라는 절에 갔는데 그곳의 바위와 시냇물, 숲과 나무, 절집 건물이나 마루와 방 등이 모두 전에 꿈속에서 보았던 것들과 똑같았다. 순찰사 한공이 함께 갔었는데, 그가 어머니를 위해 재를 지낼 음식들을 마련해서 차려놓을 때 보니, 그 옆에서 염불하고 있는 늙은 중이 또한 꿈속에서 보았던 모습과 똑같았다.

그리고 그 지방 목사로 있던 이공이 나를 밖에 따로 떨어져 있는 방으로 초대하여 술자리를 마련해 주었는데, 그 고을의 기생 몇이 음악을 연주하고 있었고, 목사가 술을 권하는 대로 마시다가 내가 몹시 취해 돌아왔다. 이것 또한 전에 꿈속에서 본 장면과 너무나 흡사하였다.

내가 기축년에 어머니의 상을 입어 파주에 장사지내고, 이어서 무덤 옆에 여막(상제가 지내기 위해 무덤 옆에 지은 초막집)에서 지내고 있었다.

하루는 밤중에 등불을 켜 놓고 『남화경』(장자) 「내편」(장자의 한 편명)을 읽다가 책상에 기댄 채 잠깐 잠이 들었다. 문득 신선들이 산다는 선경에 들어갔는데, 거기 보이는 궁궐과 방들이 아주 장엄하고 화려하여 인간 세상에서 볼 수 없는 것들이었다. 한 사람이 검은 옷을 입고 궁궐의 마루 위에 앉아 있는데, 얼굴과 태도에 범접하기 어려운 기운이 서려 있고 수염이 아주 많았다. 나는 뜰아래 엎드려 절을 하였다.

그 뒤에 내가 형님을 따라 중국의 서울 북경에 간 일이 있는데, 거기 궁궐이 꿈속에서 본 것과 같았고, 황제의 얼굴 역시 꿈속에서 본 모습과 너무나 흡사하였다.

내가 옥당(경서, 사적, 문서 등을 관리하고 임금의 자문에 응하는 홍문관)에서 숙직을 하는데, 꿈에 승정원(임금의 명을 받고 임금께 아뢰는 일을 하는 관청) 앞에 있는 방에 갔더니, 겸선이 방에 앉아 있다가 내게 말하였다.

"그대는 빨리 돌아가라. 내가 이 방에서 나간 뒤에 그대가 이 방에 들어올 것이다."

얼마 되지 않아 겸선이 승지에 임명되었다가 다시 다른 자리로 바뀐 뒤에 내가 그 뒤를 따라 승지로 임명되었다.

또 한번은 꿈에 어떤 산골짜기에 들어갔다. 길이 심하게 구불구불하고, 때로는 벼랑이나 언덕을 타고 올라가기도 하고, 또는 시냇물을 건너고 깊은 구렁을 뛰어넘기도 하면서 간신히 산 중턱까지 올라갔는데, 거기 높다란 다락이 하나 있었다. 난간을 붙들고 다락에 올라갔더니 뜻밖에 거기에 기지가 먼저 올라가 앉아 있었다.

기지가 나를 맞이하면서 말하였다.

"어째서 먼 길을 이리저리 둘러 오는가? 나는 지름길로 올라왔네."

다락 아래에 있는 긴 다리를 가리켰다.

"이것이 곧장 오는 지름길이네."

얼마 되지 않아서 기지는 전한(홍문관 종3품 벼슬)에서 특별히 발탁되어 승지로 임명되었다. 그리고 나는 다른 벼슬을 거쳐서 후에 승지에 임명되었으니, 참으로 신기한 꿈의 징험이 아닐 수 없다.

왼손에 매 오른손에 책

안원은 매와 개를 참으로 좋아하였다. 푸른 깃을 단 옷을 입고 다니던 젊은 시절부터 그는 이런 버릇을 가지고 있었다.

한번은 그가 처가에 있을 때인데, 그때에도 여전히 왼손에는 매를 받쳐 들고, 오른손으로는 책장을 넘기며 책을 읽고 있었다. 마침 장인이 사위의 그 이상하고 거북스러운 모습을 보고 나무라듯이 말하였다.

"글을 읽고자 한다면 매를 그만두던지, 매를 좋아하거든 글 읽는 것을 그만둘 일이지 어째서 그렇게 양쪽으로 괴롭고 힘든 일을 하고 있는가?"

안원이 장인의 말을 듣고서 이렇게 대답하였다.

"글 읽는 일은 할아버지 아버지로부터 대대로 내려오는 기구지업(대대로 내려오는 직업)이니 그만둘 수가 없고, 타고난 성질이 매와 사냥개를 좋아하니 이것 또한 그만둘 수가 없는 것입니다. 이 두 가지를 병행하더라도 잘못되지 않는다면 어찌 이치에 어긋나고 해로움이 있겠습니까?"

그는 어려서부터 늙을 때까지 이 두 가지를 함께 즐겼다.

하루는 쌍매당(조선 초기 문신 이첨의 호)이 임진강을 건너 서울로 가다가 길가의 산골짜기에서 책 읽는 소리가 들리자, 그가 말했다.

"이것은 틀림없이 안 노인일 것이다."

그리고 글 읽는 소리가 나는 곳으로 가 보았더니 과연 안원이 거기 있었다. 안원은 여전히 왼손에는 매의 꽁무니를 받치고, 오른손으로는 책장을 넘기면서 나무에 몸을 기댄 채 독서삼매경이었다. 안원과 쌍매당은 서로 크게 웃었다.

안원은 사람됨이 너그럽고 여유가 있어서 평생에 빨리 말하는 법도 없고, 무슨 일이 닥쳐도 얼굴에 바쁜 기색을 전혀 떠올리지 않았다.

왜군이 턱밑까지 쳐들어왔을 때에도 아무 일 없다는 듯 오히려 집에서 글만 읽고 있었다. 하인들이 다급하게 고했다.

"지금 왜군이 닥쳐옵니다."

그는 역시 태연하게 말했다.

"그렇게 수선떨지 않아도 된다. 아직은 활 쏘는 것부터 충분히 익혀야 할 때이니 황급하게 굴지 말라."

과연 그가 예언하듯이 한 말 그대로 얼마 되지 않아 왜군은 물러갔다.

일찍이 그가 장인에게 '두 가지를 병행하더라도 잘못되지 않는다면 어찌 이치에 어긋나고 해로움이 있겠습니까?' 하고 말했던 것은 참으로 맞는 말이었다.

김만중金萬重(1637~1692) 호는 서포西浦. 아버지가 병자호란 때 강화에
서 순절하여 유복자로 태어났다. 파란 많은 관직생활에서 대제학, 대사
헌 등에 이르렀지만 수차례 유배 생활 끝에 유배지에서 죽었다. 유명한
소설『구운몽』,『사씨남정기』가 그의 작품이다. 저서에『서포집』,『서포만
필西浦漫筆』,『고시선』등이 있다.

출전 :『서포만필』

시의 감동

    백사 이항복(인목대비 폐모론에 반대, 삭탈관직되고 유배됨)이 북청으로 유배될 때 철령(강원도에서 함경도로 넘어가는 재 이름)을 지나면서 철령 「숙운시宿雲詩」를 지었다.

    그 시는 이렇다.

    철령 높은 봉에 쉬어 넘는 저 구름아
    고신원루(임금의 사랑을 잃은 신하의 원통한 눈물)를 비 삼아 띄워다가
    임 계신 구중심처(깊은 대궐)에 뿌려볼까 하노라.

    하루는 광해군이 후원에서 잔치를 벌이고 놀 때, 궁녀 하나

가 이 시를 노래로 불렀다. 광해군이 노래를 듣고 나서 물었다.

"처음 듣는 새로운 노래인데, 어디서 들었는가?"

궁녀가 대답했다.

"장안에서 서로 전하여 불려지는데, 이 아무개가 지었다고 합니다."

광해군은 그 노래를 한 번 더 부르게 하고, 그것을 듣고는 매우 슬퍼하며 눈물을 흘렸다.

시가 사람을 감동시킨다는 것은 바로 이와 같은 것이다. 정치도 결국은 공감과 감동을 통하여 이루어지는 것이니, 광해군 같은 사람도 이렇게 공감할 줄 아는데 어찌 백성과 더불어 착한 정치를 할 수 없다고 하겠는가?

정금남(조선조 광해군 때 명장 정충신)은 이항복을 따라 유배지인 북청으로 갔을 때, 이항복이 유배지에서 생활하는 모습들을 자세히 기록하였다. 그는 이항복의 처지에 공감할 수 있는 부드러운 마음과 굳건한 심지 또한 지니고 있었던 것이다. 그의 마음이 깊고 넓은 바다와 같았기 때문에, 어느 한쪽에 치우치지 않고 이렇게 두 가지가 조화될 수 있었다. 이러한 점은 후인들이 깊이 생각해 볼 만하다.

그런데 그의 자손들은 기상이 호방하기만 하여 그윽한 선비의 기상과 같지 않다고 한다. 그래서 그의 기록(『백사북천록』)을 함부로 지우고 고치고 하였다고 하니 참으로 탄식하지 않을 수 없다.

소동파가 귀양 가서 매일 표주박을 들고 다니며 노래를 불렀던 일과, 정이천(송나라의 대유학자)이 파도에 요동치는 배 안에서 허둥대는 다른 사람들과 달리 평온하고 의연하게 앉아 있었던 일은 아주 다른 것이다. 그러니 부교배(송나라 사람인 듯하나 자세하지 않음)에게 이것을 따라서 본받게 한다면, 정이천의 굳건한 심지와 태도를 갖는다는 것은 결코 쉬운 일이 아니지만, 어찌 소동파처럼 더불어 공감하고 노래하는 것까지야 놓칠 수 있겠는가?

사위의 농간

유서경의 시는 정밀하고 세련되었으며, 온건하고 전아한 시를 잘 지었다. 김승평은 그의 데릴사위였는데, 늘 장인의 시를 얕보고 그 단점만을 지적하여 말하고는 했다. 승평의 나이는 아직 어렸으나 벌써 재주가 크게 기대할 만했기 때문에 장인은 사위의 말이 더 고깝고 못마땅했다.

어느 날 사위가 자기 신발이 다 떨어지자 장인을 찾아갔다. 그리고 장인을 보고 말했다.

"장인의 새로운 작품을 좀 읽고 싶습니다."

장인은 기쁜 마음으로 시 한 편을 내 보였다. 그런데 사위는 절반도 채 읽기 전에 엄숙한 표정을 지어 보이며 말했다.

"제가 가끔 장인의 시에 대해서 지나치게 정교하며 치밀하지만, 힘이 좀 부족하다고 제멋대로 말씀 드렸습니다. 그런데 이 시는 지금까지 생각해 오던 것과는 아주 많이 다르게 들립니다. 제가 옛날에 가졌던 소견이 많이 모자랐다는 것을 이제야 깨닫게 되었습니다."

장인은 매우 기뻐했다.

"자네, 그거 정말인가? 내가 요즈음 사마천의 사기를 읽었는데 혹 그 덕이 아닐까?"

"아마 그 덕분일 것입니다."

그리고 침이 마르도록 칭찬하면서 일부러 신발 코를 살짝 내보였다. 장인이 사위의 신발이 다 떨어진 것을 보았다.

"자네 왜 다 떨어진 신발을 신고도 아무 말 안 했는가?"

그러더니 급히 계집종을 불러 지시했다.

"얼마 전에 서수가 보내 온 사슴가죽 구두를 가져오너라."

사위는 사슴가죽 구두를 가져오자, 곧 헌 신을 벗어 버리고 새 것으로 바꾸어 신은 뒤 벌떡 일어나 꾸벅 절하고는 말하였다.

"장인의 시는 사실 썩은 새우젓과 같지만, 제가 그토록 칭찬한 것은 새 신발을 얻고자 했을 뿐입니다."

재빨리 걸음을 재촉하여 나가 버리자 장인은 그저 어안이 벙벙할 뿐이었다.

왕유와 두보를 겸할 수 없다

시를 좋아하는 사람이 있었다. 그런데 그는 왕유(당나라 시인)는 숭상하고 좋아하는데 두보(당나라 시인)는 좋아하지 않았다.

왕감주(명나라 시인)는 그에게 이렇게 말했다.

"그대가 만약 두보의 시를 여러 번 자세히 읽는다면, 그 속에 왕유도 있다는 것을 알게 될 것이다."

과연 그런가? 나는 감히 감주의 말이 틀렸다고 생각한다.

시라는 것은 타악기나 현악기의 관계와 같다. 모든 악기는 각기 개성과 울림에 차이가 있기 때문에 그 소리들을 하나로 겸할 수가 없는 것이다. 각각의 개성과 말하고자 하는 바가 다른데 어떻게 그것이 하나가 되겠는가? 각기 다른 소리가 어울려서 음악이 되는 것이지, 이 다른 소리들을 하나로 겸한다면 제대로 된 소리는 이루어지지 않는다.

각각의 큰 종과 큰 취주악기가 하나되어 소리를 낸다면 천지에 알 수 없는 소리만 가득 차서 음악은 없어지고 만다. 왕유를 겸한 두보의 시도 이와 같다.

좋은 악기 소리는 맑고 아득하며, 그윽하고 오묘한 것이다. 어떤 좋은 소리라도 그 악기의 장점으로 돌리지 않을 수 없다.

왕유의 시가 좋다면 왕유의 악기에서만 나올 수 있는 소리이기 때문에 좋다는 뜻이다. 가령 다음 왕유의 시 구절을 보자.

발길이 물 다한 곳에 이르러
피어나는 구름을 가만히 혼자서 보네.

또 다음의 구절을 보자.

아득한 논에 백로는 날고
울창한 나무에서 꾀꼬리 우네.

과연, 표현된 말이 아닌 그 말 밖에 뜻이 있는, 왕유의 이와 같은 그윽한 시 구절이 일찍이 두보의 시집에 어디 있었던가?

시는 제 나라 말로 써야

송강의 『관동별곡』과 『전미인곡』, 『후미인곡』은 우리나라의 이소離騷(초나라 시인 굴원이 초나라의 말로 우국충정의 마음을 담은 낭만적인 작품)다. 그러나 그것을 한문으로 쓸 수 없었기 때문에 음악가들에 의해 입에서 입으로 전해지거나, 혹은 한글로 익혀서 전해질 뿐이다.

어떤 사람이 한문 칠언시七言詩로 『관동별곡』을 번역하였으나 아름답게 될 수가 없었다. 이 칠언시를 택당(조선 중기의 문인 이식의 호)이 젊었을 때 지은 것이라고도 하지만, 그것은 틀린 말이다.

구마라즙(인도 사람인데 진나라 때 중국에 와 『금강경』, 『법화경』 등 많은 불경을 번역했음)은 이렇게 말한 바 있다.

"인도의 풍속은 문채文彩를 숭상하여 부처를 찬양하는 노래가 참으로 아름다운데, 그것을 중국어로 번역하게 되면 그 큰 뜻만 알게 할 뿐이지 문장의 아름다운 말씨가 가진 무늬는 전달할 수가 없다."

이것은 참으로 맞는 말이다.

사람의 마음을 입을 통해 나타낸 것이 말이며, 말에다 운율을 가미한 것이 노래요, 시요, 문장이다. 중국 이외의 여러 나라의 말을 잘하는 사람이 각각 고유의 언어를 가지고 운율을 잘 맞추기만 한다면, 모두 충분히 천지를 움직이고 귀신에게까지도 통할 수가 있는 것이다. 그것이 유독 중국의 경우에만 그런 것은 아니다.

오늘날 우리나라의 시와 문장은 고유한 언어를 버리고 다른 나라의 언어를 흉내내어 썼다. 그래서 설사 그것이 아주 비슷하다 해도 결국 앵무새가 사람의 말을 흉내 낸 것에 불과하다.

거리의 나무하는 아이들이며 물 긷는 아낙네들이 '에야디야' 하며 서로 노래 부르는 것이 비록 저속하다고 할지 모르나, 그 노래가 진짜의 것인지 가짜의 것인지를 따져본다면, 사대부들이 이른바 시부詩賦를 흉내내는 것과는 그야말로 천지의 차이가 있는 것이다.

그런데 송강의 이 세 별곡에는 천기天機가 자연스럽게 드러나 있고, 미개한 사회에 흔히 있는 낮고 속된 성질은 없다.

옛날부터 지금까지 한 구석에 속해 있는 우리나라가 진정한 글을 가지고 있다면, 단지 이 세 편뿐이다. 그러나 이 세 편에 관해서 다시 말한다면 『후미인곡』이 더욱 높은 가치를 가지고 있다. 『관동별곡』과 『전미인곡』은 여전히 중국의 어휘를 많이 빌려 쓰고 있기 때문이다.

시로 점치는 일

옛날 사람들은 시를 가지고 그 사람이 막힌 사람인지 통달한 사람인지를 평가했다.

벌판의 강물 건너는 사람 없어
외로운 배만 종일 매여 있네.

구래공(송나라의 대신)의 이 시 구절을 보고 뒷날 그가 재상이 될 것이라고 미리 점쳤다는 것이 그러한 예이다.

그러나 이것은 우연히 맞아떨어진 것이라고 보아야 한다.

또 어떤 젊은이가 눈을 노래한 시에 이런 구절이 있다.

인간의 더러움 모두 깨끗이 되고
세상의 걸리적거리는 것 모두 고르게 했네.

이것은 선생과 어른들로부터 많은 칭찬을 받았으나 그 말이
너무 커서 대인물의 사업이 아니고서는 어울리기 힘들다.
또 어떤 아이가 밀을 가는 것을 보고 한 구절을 읊었다.

우레소리 진동하니 백설이 날리고
윗돌은 돌고 돌지만 아랫돌은 고정해 있네.

여기서 위 아랫돌이란 표현이 정말 기발하고, '고정해 있네'라
는 말은 아주 박력이 있다. 그런데 이 아이는 장성해서 보통 정
도의 인물도 되지 못했는데, 아마 이런 예는 많을 것이다.
옛날 사람들은 시가 지나치게 맑고 그윽한 것은 '귀신의 말'
이라고 했는데, 예를 들면 당나라 때 어떤 시인의 시 한 구절이
바로 그런 것이다.

깊은 골에 하늘이 있으니 봄이 적막하고
인간에 길이 없으니 달은 아득하도다.

요즘은 보통 이런 구절을 수명이 짧다는 뜻으로 단명구短命句라고 한다. 사람이면서 귀신의 말을 하니 오래 살지 못할 징조라는 것이다.

판서 채백창(조선 현종 때 이조판서)이 방에 누워 있는데, 그 아들 아무개가 밖에서 자기 친구와 시를 이야기하다가 이렇게 말하는 것이었다.

"요즘 단명구를 얻었는데 오래 못 가서 죽을 것 같다."

그리고 이어서 시를 큰 소리로 읊었는데, 말이 더없이 평범하고 용렬하며 탁해서 우습기 짝이 없었다.

그 아비 채백창이 방에서 소리쳤다.

"애야, 아무개야. 너무 상심 마라. 내가 여기서 네 시를 들었는데 너는 백 년도 더 살겠다."

사람들은 이 이야기를 전하며 모두 웃었다고 한다.

실제와 실제가 아닌 것

선가禪家(선불교)에는 본지풍광本地風光(선불교의 말. 여기서는 실제의 경치), 본래면목本來面目(선불교의 말. 여기서는 실제의 본래 모습)이라는 말이 있는데, 이 비유는 아주 적절하다.

금강산을 좋아하는 어떤 사람이 있다고 하자. 그리고 이 사람이 금강산을 그린 그림책을 모두 모아서 꼼꼼히 살펴보고 익힌 나머지, 금강산을 자기 손바닥 들여다보듯 환히 알게 되었다고 치자. 그는 그림책의 금강산 봉우리와 골짜기를 보면서 손뼉을 치며 좋아하고, 재미있게 이야기도 할 수 있는 정도가 되었다.

그런데 사실 이 사람은 동대문 밖으로 한 발짝도 나가 본 일이 없는 사람이다. 그렇다면 그가 보고 안 것은 본지풍광이 아니라 권리풍광卷裏風光, 곧 책 속의 경치요, 본래면목이 아니라 지상면목紙上面目, 곧 종이 위에 그려진 모습일 뿐이기 때문에, 자기처럼 한 번도 진짜 금강산을 구경하지 못한 사람들하고만 재미있게 이야기할 수밖에 없는 것이다.

만일 이런 사람이 금강산에 있는 정양사의 주지 스님과 이야기를 한다면, 그의 말은 대번에 가짜 엉터리라는 것이 탄로나고 말 것이다.

또 어떤 사람이 동해로 가다가 금강산의 변두리에 있는 한 봉우리를 바라보았다면, 그가 본 것은 금강산 전체는 아닐망정 그래도 실제의 진짜 금강산을 보았다고 할 수 있다.

서화담(이름은 서경덕. 조선시대 학자)의 학문은 참으로 깊이가 있어 진짜 금강산을 본 사람과 같은 그런 경지에 가깝다 할 것이다.

또 어떤 사람은 그림책에서 본 것과 같기는 하지만, 타고난 지혜와 통찰력으로 좁은 길까지도 천연 그대로의 빛깔을 입혀 실제의 길을 보듯이 하고, 문자의 맥락을 꿰뚫어보면서 과거의 어떤 통설에도 구애받지 않는 사람이 있다. 이런 사람은 또 대중에게 현혹되지도 않으며 항상 제 눈으로 직접 본 것 같은 산중의 경치를 그려낸다. 이것은 비록 금강산의 단발령 꼭대기에서 바라본 것은 아니지만, 직접 금강산을 보지 못한 사람은 이 사람을 산에 대해 잘 아는 사람으로 생각할 것이다.

장계곡(조선시대 학자. 이름은 장유)이 바로 이러한 사람이다.

한 구석에 속해 있는 우리나라에서 이 두 사람이 태어났다는 것은 결코 쉬운 일이 아니다. 이러한 경지에 도달한 사람은 도를 깨달아 몸에 밴 사람이라 할 수 있다.

백주 이명한(조선시대 문신)이 계곡 장유의 죽음을 애도한 시는 이렇다.

이 세상에 그 누가 그대와 겨루리오
시대를 가늠하여 가장 중용을 얻었도다
한 마디 말에도 사물의 법칙을 남겼고
모든 이치는 신통의 경지에 들었네.

박지원朴趾源(1737~1805) 조선왕조 후기의 문인, 학자. 호는 연암燕巖. 20대부터 뛰어난 글재주를 보이기 시작했으며, 문장은 유창 발랄한 특징을 보이고 있다. 때로는 중국의 한유와 비교될 만큼 격찬을 받기도 했다. 44세 때에 삼종형이 중국의 사절로 갈 때, 동행하여 중국의 여러 문물을 보고 쓴 기행문 『열하일기熱河日記』는 그의 대표작이다. 이 여행은 그의 실학사상의 확립에 큰 도움이 되었다. 저서에 『연암집』이 있다.

출전 : 『열하일기』

하룻밤 아홉 번 강을 건너다

　강물은 두 산 사이의 골짜기에서 흘러나와, 마치 바위와 돌에 부딪치고 흩어지며 싸우기라도 하는 듯 요란한 소리를 내며 흘러간다. 놀란 물결이 크게 솟구치고, 성난 물머리는 흰 갈기라도 날리듯 거품을 뿜으며 소리소리 지른다. 여울을 돌아 흐를 때는 흐느끼듯 하다가도 급히 굽이를 돌 때는 거칠게 성내며, 슬픈 곡조와 원망하는 울부짖음과 다급하게 호령하는 외침이 온통 한데 뒤섞여 굽이치며 도도히 흘러간다. 세차게 흐르는 그 기세는 미상불 언제라도 만리장성을 한숨에 때려 부술 듯하다.

　수많은 전차와 말을 달리는 수많은 병사와, 수많은 대포와 수

많은 큰북으로도 솟구치고 무너지며 부서지는 저 물결 소리를
조금도 형용할 수 없으리라.

문득 보면 모래톱 여기저기 커다란 돌들이 우뚝우뚝 서 있
고, 강 언덕의 버드나무는 어슴푸레한 어둠 속에서 마치 물귀
신들이 번갈아 나타나 사람을 놀래키는 듯하고, 좌우에서는 이
무기들이 사람을 잡아들이려는 것 같았다.

어떤 사람은 말하기를, "여기는 옛날 전쟁터였기 때문에 강물
이 저렇게 우는 거야."라고 했지만, 그건 아니다.

강물 소리는 듣기에 따라서 다른 것이다.

산중에 있는 내 집 앞에는 큰 시내가 있는데, 여름철이 되면
매양 큰 비가 와서 시냇물이 갑자기 불기 때문에, 마치 전차와
말이 달리는 소리, 대포와 큰북이 울리는 소리 같은 것이 늘 귀
에 젖어 버렸다.

한번은 내가 문을 닫고 누워서 소리의 종류를 비교해 보았다.

큰 소나무가 퉁소 소리를 내는 것은 듣는 이의 성품이 청아
한 탓이고, 산이 갈라지고 언덕이 무너지는 듯한 소리는 듣는
이가 분노한 탓이고, 뭇 개구리가 다투어 우는 듯한 소리는 듣
는 이가 교만한 탓이다. 대피리가 수도 없이 우는 듯한 소리는
듣는 이가 성난 탓이고, 천둥과 우레 소리처럼 급한 것은 듣는
이가 놀란 탓이고, 찻물이 끓는 듯한 소리는 듣는 이가 문무를

겸한 침착한 성품과 취미를 지닌 탓이다. 거문고 소리의 가락이 첫소리(오음의 첫 음 궁)와 끝소리(오음의 끝 음 우)가 크게 다르지 않게 차분히 들리면 듣는 이의 마음이 슬픈 탓이고, 문풍지가 바람에 우는 듯한 소리로 들리면 듣는 이의 마음에 어떤 의심이 있는 탓이다.

이와 같이 온갖 소리로 다르게 듣는 까닭은 그 소리만을 듣는 것이 아니라, 제 마음의 생각과 느낌에 따라 거기에 맞게 만들어 듣기 때문이다.

지금 나는 밤새 같은 강을 아홉 번이나 건넜다. 이 강은 북쪽 변방에서부터 흘러나와 만리장성을 뚫고 유하, 조하, 황화, 진천 등 여러 강물과 합쳐져서 밀운성 밑을 지나 백하라는 강이 되었다. 나는 어제 두 번째 배로 백하를 건넜는데 바로 이 강의 하류였다.

요동 땅에 들어서기도 전에 벌써 한여름이었으므로, 뜨거운 뙤약볕 속에서 길을 걸어가고 있는데 갑자기 큰 강이 앞에 나타나는 것이었다. 바로 요하라는 강이었다. 검붉은 물결이 산봉우리처럼 연이어 일어나 끝없이 흐르고 있었다. 아마도 천리 밖에서 폭우가 쏟아진 것이리라.

이 거친 강물을 건널 때 사람들이 모두 머리를 들고 위를 쳐다보는데, 나는 그것이 하늘에 기도하는 줄 알았다. 나중에야 그게 아니라는 걸 알게 되었다. 물을 건너는 사람들이 앞뒤 없이 용솟음치며 끝없이 흐르는 물결을 바라보게 되면, 제 몸이 물살을 거슬러 올라가고 있는지 강물을 따라 내려가고 있는지 분간할 수 없기 때문에, 갑자기 현기증이 나서 그만 물결에 휩쓸려 빠지게 마련이다. 그래서 고개를 쳐들어 위를 보는 것은 하늘에 기도하는 것이 아니라 강물을 보지 않기 위해서였던 것이다. 목숨이 한순간에 왔다 갔다 할 판인데 어느 겨를에 기도인들 할 수 있겠는가?

위험한 지경이 이렇게 되었으니 물소리도 전혀 들을 수가 없었다. 그런데 일행들이 모두 이렇게 말했다.

"요동 벌판이 하도 넓고 평평하기 때문에 물소리가 크게 울지 않는 거야."

하지만 이것은 물을 잘 알지 못해서 하는 말이다. 요하의 강물이 울지 않는 것이 아니라 듣지 못했기 때문이고, 특히 밤에 건너 보지 않았기 때문이다. 낮에는 눈으로 볼 수 있기 때문에, 오로지 위험한 데만 보느라 도리어 눈이 있는 것을 걱정하는 판인데, 무슨 소리가 들릴 수 있겠는가?

지금은 이전과 달리 밤중에 물을 건너고 있다. 눈으로는 위험한 것을 볼 수 없으니, 위험을 감지하기 위해서는 오로지 귀가 예민해진다. 이제는 귀에 들리는 것이 또 두려워진다.

나는 비로소 그 이치를 깨달았다. 마음으로 깊고도 멀리 볼 수 있는 사람은 눈과 귀에 매이지 않지만, 눈과 귀만을 오로지 믿는 사람은 보고 듣는 것이 더욱 밝고 자세하게 되어 병이 되고 마는 것이다.

내 마부가 발등을 말굽에 밟혔기 때문에 그를 뒤에 오는 수레에 타게 하고, 나는 혼자 고삐를 늦추어 말이 강물에 떠서 헤엄치게 한 다음, 두 무릎을 바싹 오그리고 발을 모아 안장 위에 앉았다. 이렇게 되니 한 번 말에서 떨어지면 그대로 죽을 것이다. 그래서 나는 마음을 다잡으며 강물을 땅으로 여기고, 강물은 나의 옷이나 몸으로 여기고, 또한 강물을 내 타고난 성정으로 여기기로 하였다.

이렇게 떨어질 것을 각오하며 마음을 다잡자, 내 귓속에서 마침내 강물소리가 사라져 버렸다. 이렇게 해서 무려 아홉 번이나 강물을 건넜는데, 마음은 아무 걱정 없이 태연하기만 하여 마치 방 안에서 앉았다 누웠다 하며 기거하는 것 같았다.

옛날 우임금이 강을 건너는데 황룡이 배를 등에 지는 바람에 매우 위험하게 되었다고 한다. 그러나 죽음과 삶의 문제가 먼저 마음속에서 분명하게 판단되자, 용이거나 지렁이거나 크거나 작거나 그런 것들이 아무 상관이 없었다고 한다.

소리와 빛은 모두 외물外物, 즉 밖으로부터 오는 것이다. 이

외물이 늘 사람의 눈과 귀에 장애물이 되어 똑바로 보고 들을 수 없게 만든다. 하물며 사람이 세상을 살아가는 삶 자체가 그 험하고 위태로운 것이 강을 건너는 것보다 더 심한데, 보고 듣는 것이 살아가는 데에 장애가 되고 병이 되는 걸 말해서 더 무엇하겠는가?

나는 내가 살고 있는 산중으로 돌아가면, 다시 집 앞의 시냇물 소리를 들으면서 이러한 생각들을 증험해 보고자 한다. 그리고 교묘하게 처신하며 스스로 총명하다고 믿는 자들을 경계하고자 한다.

— 一夜九渡河記일야구도하기

코끼리

만일 괴상하고 무엇인지 종잡을 수 없으며, 기이하게 거대한 것을 구경하고 싶으면 선무문 안의 코끼리가 있는 곳을 가 보아야 할 것이다. 나는 북경에서 열여섯 마리의 코끼리를 보았는데, 모두 쇠사슬에 발이 묶여 있어서 그것이 움직이는 모양을 보지는 못했다. 그런데 여기서는 궁궐의 서쪽에서 그것들이 움직이는 것을 볼 수 있었다. 거대한 몸을 꿈틀거리면서 걸어가는 모양이 마치 어둑한 비바람이 크게 이는 듯하여 참으로 거창하였다.

언젠가 내가 동해에 가서 바다를 바라보다가 푸른 파도 위에 무슨 말 같은 것들이 수도 없이 우뚝우뚝 서 있는 것을 보고 깜짝 놀란 일이 있었다. 집채만큼 커다란 그것들이 도대체 물고 기인지 아니면 무슨 짐승인지 알 수가 없어 궁금하기 짝이 없었다. 그래서 해가 어서 돋기를 기다려 자세히 살펴보고자 했으나, 아쉽게도 해가 돋기도 전에 그것들이 바닷속으로 숨어 버려 끝내 못 보고 말았다.

이번에는 코끼리를 열 걸음 정도 떨어진 곳에서 보았는데, 동해에서 보았던 그 커다란 것과 크기가 매우 흡사했다. 몸통은 황소 같고, 꼬리는 나귀와 같으며, 낙타의 무릎에, 범의 발톱에, 짧은 잿빛의 털을 가지고 있었다. 성질은 매우 온순하고 어질게 보였는데, 울음소리는 처량하게 들렸다. 귀는 구름장 같이 드리워져 있고, 눈은 초승달 같이 생겼고, 어금니는 굵기가 두 아름쯤 되어 보이는 데다, 길이는 한 발이 넘을 듯하였다. 코는 어금니보다 훨씬 길어서 구부리고 펴는 모양이 꼭 자벌레 같고, 코의 부리는 굼벵이 같으며, 코끝은 누에 등 같이 생겼는데, 물건을 족집게 같이 들어서는 둘둘 말아 입에 집어넣는다.

어떤 사람은 코를 입부리로 생각하고서 코가 어디 있는지 찾아보기도 한다. 그도 그럴 것이 세상에 코가 이렇게 생긴 것을 누가 상상이나 했겠는가? 혹 어떤 사람은 코끼리 다리가 다섯이라고도 하고, 또는 눈이 쥐의 눈과 같다고도 하는데, 그것은 대개 코끼리를 볼 때 코와 어금니 사이를 주목해서 보기 때문이다. 그 거대한 몸뚱이 중에서 제일 작은 부분만을 보면 그와 같이 엉뚱한 추측을 할 만하다.

대개 코끼리는 눈이 매우 가늘어서 아양을 부리는 눈과 같이 눈이 먼저 웃는다. 그러나 그 어질고 온순한 성품은 바로 이 눈에서 드러나는 것이다.

강희(청나라 성조 때 연호) 시대에 북경 숭문문의 남쪽에 있는 동산에는 사나운 범 두 마리가 있었는데, 범을 길들일 수가 없자 황제가 화를 내어 그것들을 코끼리 우리 속에 몰아넣게 했다. 그랬더니 코끼리가 몹시 겁을 먹고 코를 한 번 휘두르자 범 두 마리가 그 자리에서 넘어져 죽었다고 한다. 이것은 코끼리가 범을 죽이고 싶어서 그렇게 한 것이 아니라, 다만 범의 냄새를 싫어해서 코를 휘두른 것이 그만 잘못 부딪쳐서 그렇게 되고 만 것이다.

아, 이 세상의 만물 중에 아무리 털끝같이 작은 것일지라도 하늘이 내지 않은 것은 하나도 없다고 한다. 그러나 하늘이 어찌 다 일일이 명령하여 모든 것을 생기게 했겠는가? 하늘을 천天이라 할 때는 눈에 보이는 한없이 큰 형체를 말하는 것이고, 건乾이라 할 때는 눈에 보이지 않는 이치나 그 성정을 말하는 것이고, 상제, 즉 하느님이라 할 때는 세상을 다스리는 권능을 말하는 것이고, 신神이라 할 때는 상제의 권능에 따라 구체적으로 일을 이루는 것을 말한다. 이렇게 이름이 여러 가지이고 그 이름에 따르는 내용도 여러 가지인 것은 그것이 온 세상 구석구석 미치지 않는 데가 없이 너무나 친밀하기 때문이다.

이것을 허물없이 쉽게 말하면, 이理(눈에 보이지 않는 이치)와 기氣(눈에 보이는 것으로 나타나는, 만물의 바탕이 되는 재료)로써 불가마와 풀무를 삼아 만물을 만들어 내기 때문에, 흔히 조물주라고 말하는 것이다. 하늘을 마치 재주 있는 대장장이에 비유하여 망치, 도끼, 끌, 칼 같은 것을 가지고 쉬지 않고 일하는 것으로 생각하는 것이다.

그래서 『역경』(주역이라는 책의 경문)에서 말하기를, "하늘이 처음에 초매草昧(천지가 개벽할 때의 이름할 수 없는 아득한 혼돈)를 지었다."라고 한 것이다.

초매란 그 빛이 검고 그 형태는 안개가 낀 듯하여, 동틀 무렵같이 물건을 똑바로 분간할 수 없다고 하는데, 나는 정녕 이것을 알 수가 없다.

하늘이 캄캄하고 안개가 낀 듯 자욱한 속에서 만들어 낸 것이라면 과연 무엇일까? 맷돌은 밀을 갈 때에 가루가 작고 크거나 가늘고 굵거나 상관없이 뒤섞어 바닥에 쏟아 놓는다. 무릇 맷돌의 작용은 돌며 갈아대는 것뿐인데, 가루가 가늘거나 굵거나 무슨 마음을 쓰겠는가? 하늘이 캄캄하고 안개가 낀 듯한 속에서 무엇인가를 만들어 냈다면, 이 맷돌이 하는 일과 비슷한 것인가?

그런데 어떤 이는 말하기를, "뿔이 있는 놈에게는 이빨을 주지 않았다."하며, 만물을 창조하는 데에 무슨 결함이라도 있는 것처럼 생각하기도 한다.

그러나 이것은 잘못이다. 나는 감히 이렇게 묻는다.

"이빨을 준 자는 누구인가?"

사람들은 이 물음에 이렇게 대답할 것이다.

"하늘이 주었다."

그러나 다시 묻는다.

"하늘이 이빨을 준 것은 무엇 때문인가?"

그러면 사람들은 또 이렇게 대답한다.

"하늘이 이것으로 먹이를 씹으라고 주었다."

그러면 또 묻는다.

"이빨을 가지고 물건을 씹는다는 것은 무엇인가?"

사람들은 대답한다.

"이것은 하늘이 낸 이치일 뿐이다. 날짐승과 길짐승은 손이 없으므로 반드시 몸을 굽혀 먹이를 찾게 되는데, 그러자니 학은 정강이가 길어서 부득이 목이 길지 않을 수 없고, 또 그래도 입이 바닥의 먹이에 닿지 않을까 해서 입부리를 길게 만들어 준 것이다. 만일 닭의 다리가 학과 같이 길었다면 할 수 없이 마당에서 굶어 죽었을 것이다."

나는 이 말을 듣고 크게 웃으면서 말했다.

"그대들이 말하는 이치라는 것은 소, 말, 닭, 개 같은 것에만 맞는 이치다. 하늘이 이렇게 몸을 구부려서 먹이를 찾도록 한 것이라면, 왜 코끼리에게는 쓸데없이 크고 긴 어금니를 주어서 먹이를 찾으려면 먼저 이가 땅에 닿아 방해되게 했는가?"

또 어떤 사람은 이렇게 말했다.

"그것은 긴 코가 있기 때문이다."

나는 다시 말했다.

"긴 어금니를 주고 나서 코를 빙자할 것 같으면 차라리 처음부터 어금니를 없애고 코를 짧게 한 것이 낫지 않겠는가?"

이 말을 듣더니 자기주장을 우겨대던 사람은 비로소 더 말을 못하고 고개를 수그렸다.

이것은 언제나 생각이 미친다는 것이 소, 말, 닭, 개뿐이요, 용, 봉, 거북, 기린 같은 짐승에게는 생각이 미치지 못한 까닭인 것이다. 코끼리는 범을 만나면 코로 때려눕히니, 그 코는 천하에 상대가 없을 것이지만, 만약 쥐를 만나면 그 코를 가지고도 쓸모가 없어 하늘만 멍하니 쳐다보고 서 있을 것이다. 이렇다고 해서 쥐가 범보다 무서운 것이라 한다면, 아까 말한 소위 하늘이 준 이치에 맞다고는 할 수 없을 것이다.

눈에 보이는 코끼리도 그 이치를 하나하나 따져본다면 알 수 없는 것이 이와 같은데, 하물며 천지 만물은 코끼리보다도 만 백 배나 복잡하고 많으니 어찌 이것들을 다 알 수 있겠는가?

그러므로 성인께서 『역경』을 지을 때에 코끼리 상象이란 글자를 가지고 이치를 궁구하게 한 것도 이 코끼리 같은 형상으로 만물이 변화하는 이치(4상이 64괘로 벌어져 만물 변화의 이치를 보임)를 연구하게 하고자 함일 것이다.

— 象記상기

놀이로 법과 덕을 보이다

황제가 동산의 동쪽에 있는 별궁別宮으로 가는 긴 행렬이 이어졌다.

천여 명의 관리들이 모두 말을 타고 피서지로 사용하는 산장을 나와서 행진하는데, 궁궐의 담장을 따라 5리나 간 다음에야 정원으로 들어서는 문이 나타났다. 정원에 들어서자 좌우로 부도(고승의 사리나 유골을 넣은 탑)와 같은 탑들이 즐비하게 늘어서 있는데, 그 높이가 예닐곱 길이나 되는 것 같았다. 그리고 여러 성현들을 화려한 색으로 그린 장식 깃발과 유명한 글귀들을 적은 오색 깃발들이 몇 리나 이어져 있었다.

전각 앞에 이르니 황금빛 장막이 하늘에 연이어서 두른 듯

펼쳐 있고, 장막 앞에는 또 흰 천막들이 수도 없이 늘어서 있었다. 그리고 그 천막마다 온갖 채색으로 장식한 화려한 등불들이 천백 개도 넘게 수도 없이 걸려 있었다. 앞을 보니 붉은색을 칠한 궁궐 문이 세 군데나 있는데, 그 높이가 모두 여덟, 아홉 길이나 되어 보였다.

풍악이 요란하게 울리고 드디어 황제의 칠순 잔치를 위한 여러 가지 놀이들이 시작되었다. 해는 이미 저물어서 놀이판의 분위기는 점점 무르익어 갔다.

한 곳을 바라보니, 황금색 큰 궤짝이 붉은색 궁궐 문에 매달려 있었는데, 갑자기 그 궤짝 밑에서 크기가 북통만 한 등불 하나가 떨어졌다. 그 등불은 궤짝과 노끈으로 이어져 있고, 노끈의 끝에서 등불이 타오르고 있었다. 그런데 신기하게도 노끈을 따라 타오르면서 궤짝 밑까지 오르자, 또 다른 등불이 떨어져서 그와 같이 불타오르며 위로 올라가는 것이었다. 마침내 등불이 궤짝 밑에 이르자 그 등불을 땅에 떨어뜨리더니, 이번에는 쇠로 얽은 채롱들의 주렴이 드리워졌다. 주렴에는 고풍스럽고 멋진 글씨체로 쓴, 수壽라는 글자와 복福이라는 글자가 있었는데, 홀연히 그 글자에 새파란 불이 붙어서 한동안 타오르다가 글자의 불이 스스로 꺼지면서 땅에 떨어졌다.

또 궤짝 속에서 구슬을 꿴 것 같이 연달아 매달린 등이 백여

줄이나 갑자기 한꺼번에 밑으로 드리워졌다. 얼핏 보아도 한 줄에 사오십 개나 되는 등불이 빛나고 있었는데, 그 수많은 등불들이 차례대로 켜져서 타오르다가 일시에 환하게 밝혀졌다.

또 천여 명의 아름다운 젊은이들이 비단 도포를 입고 아름답게 수놓은 비단 모자를 쓰고서 나타났다. 그들은 모두 손잡이가 정丁 자 모양으로 멋지게 굽은 지팡이를 들고 있었는데, 그 지팡이 양쪽 끝에 붉은색 작은 등불이 달려 있었다. 그들은 아주 질서정연하게 열을 맞추어 행진하면서, 때로는 물러서고 때로는 앞으로 나아가며 여러 가지 형태를 지어 보였다. 병사들이 진을 치듯 여러 무리가 모이고 흩어지면서, 순식간에 신선들이 살고 있다는 삼신산의 가장 높은 자라산으로 변하는가 하면, 또 잠시 뒤에는 홀연히 변해서 높은 누각이 되었다.

이렇게 여러 진형陣形을 만들면서 그림을 보여주는 동안 황혼이 되자, 등불들은 더욱 찬란한 빛을 내며 현란하게 움직였다. 이 현란한 등불 빛이 홀연히 만년춘萬年春이라는 세 글자를 만들어 보이더니, 또 졸지에 변하여 태평천하太平天下라는 네 글자를 보이며 황홀하게 빛을 뿌렸다. 이 네 글자는 또 순식간에 변하여 두 마리 용이 되었는데, 비늘과 뿔과 발톱과 꼬리가 공중에서 꿈틀거리는 것이 너무 실감나서 마치 살아 있는 용이 승천하는 듯한 모습이었다.

눈 깜짝할 사이에 그림들이 연속적으로 변하고, 그 많은 무리들이 모이고 흩어지되 추호의 어긋남이 없었다. 등불이 보여 주는 글씨들도 한 획 한 획이 모두 선명하게 살아 있었다. 이 놀라운 모습들을 계속 연출하는데도 오직 수천 명의 발자국 소리만 어지럽게 들릴 뿐이었다.

이것은 잠시 동안의 놀이이기는 하지만, 그 엄한 기율이 이와 같으므로, 만일 이 엄한 법과 기율이 실제 전쟁터의 군진에 적용된다면 천하에 누가 감히 그 옆에 와서 접촉이라도 할 수 있겠는가?

정녕 잘 다스리는 것은 법에 있지 않고 덕에 있는 것이다. 그런데 하물며 이와 같은 놀이에서까지 그 법과 덕을 널리 보이고 있으니 여기에 무슨 더 할 말이 있으랴.

— 萬年春燈記만년춘등기

납취조의 재주

납취조蠟嘴鳥라는 새는 비둘기보다는 작고 메추리보다는 크다. 몸통은 회색빛이고 날개는 푸른색이며, 큰 입부리가 꼭 밀랍 초와 같으므로 이름을 그렇게 지은 것이다. 또 이것을 오동조梧桐鳥라고 부르기도 한다.

이 새는 사람의 말을 아주 잘 알아들어서 무엇이든 가르치는 대로 하고, 시키는 대로 따라서 하는 신통한 재주를 가지고 있다. 이놈을 잘 길들여 거리에 나와 그 재주를 보이며 돈벌이를 하는 사람이 있었다.

그가 골패 서른두 개를 그릇 속에 담아 놓고, 손으로 그것들을 고루 잘 섞은 다음, 구경하는 사람에게 그 골패 중 하나를 고르도록 한다. 골패 하나를 골라 무슨 골패인지 확인하고 나서 그것을 주면, 그는 그 골패를 여러 사람들에게 두루 보인 뒤에 다시 골패 그릇에 넣고 휘저어 섞는다. 그리고 납취조라는 새를 불러서 바로 그 골패를 찾아오게 한다.

그러면 새는 즉시 주인의 말을 알아듣고 골패 그릇 속으로 들어가, 골패 쪽 하나를 입부리로 물고서 가름대 위로 날아가 앉는다. 그가 새의 부리에서 골패를 뺏어 구경꾼들에게 두루 보여 주는데, 놀랍게도 그것은 아까 모두 확인해 두었던 바로 그 골패 쪽인 것이다.

또 각기 다른 다섯 가지 색깔의 작은 깃발을 꽂아 놓고서 어떤 색깔의 깃발을 가져오라고 새에게 명령하면, 대답하듯 지저 귀는 소리를 하고 깃발 하나를 골라 뽑아 오는데, 몇 번을 시켜도 영락없이 명령을 받은 그 색깔의 깃발을 뽑아 오는 것이다.

또 코끼리가 겹처마로 된 황금빛 집을 실은 수레를 끌고 있는 모양을 종이로 앙증맞게 만들어 놓았는데, 새에게 그 수레를 끌라고 명령한다. 그러면 주인의 말을 듣자마자 새는 코끼리 배 밑으로 들어가 입부리로 코끼리 두 다리 사이를 물고 수레를 밀고 가는 것이다.

이 새가 부리는 재주는 이것만이 아니다. 주인의 명령에 따라 맷돌을 갈기도 하고, 말 타고 활을 쏘는가 하면, 호랑이 춤이나 사자춤도 조금의 착오 없이 해 내는 것이다. 또 종이로 아홉 겹의 합문이 있는 조그만 전각을 만들어 놓고, 새에게 전각 속에 들어가 무슨 물건을 가지고 오라고 명령한다. 그러면 새는 즉시 전각 속으로 날아 들어가 명령받은 그 물건을 정확하게 물고 나와서 탁자 위에 벌여놓는 것이다.

비록 말하는 재주가 앵무새만은 못하지만, 그 교묘한 꾀는 오히려 나은 것 같았다.

한참이나 주인의 명령을 수행하느라 힘이 들었던지 새는 몸통의 털과 깃이 땀에 젖어 있었다. 그리고 입을 벌리고 혀를 빼문 채 숨을 할딱거렸다.

그런데 여기서 놓칠 수 없는 놀라운 사실 하나는, 주인이 매번 새에게 일을 시키고 난 뒤에 보상으로 깨 한 알씩을 먹이로 주는데, 마치 어미 새가 새끼에게 먹이를 주듯 주인이 자기 입에서 먹이를 꺼내주는 것이다. 그 둘은 그렇게 하나로 연결되어 있었다.

— 蠟嘴鳥記납취조기

좋은 울음터

초 8일 갑신. 맑음.

정진사와 한 가마를 타고 삼류하라고 하는 강을 건너서 냉정이라는 곳에서 아침밥을 먹었다.

10리 남짓 가서 한 산모롱이로 접어들게 되었는데, 정진사의 마부인 태복이가 갑자기 말 앞으로 달려나와 땅에 엎드리며 큰소리로 고했다.

"하얀 백탑이 보입니다."

산모롱이에 가려 아직 백탑은 보이지 않는다. 서둘러 말을 채찍질하여 채 수십 보도 가지 못해 산모롱이를 벗어나자, 천지간에 한 점 걸리는 것 없이 일망무제로 끝없이 펼쳐진 벌판이 홀연히 나타났다. 요동 벌판이다. 아무리 둘러보아도 막막한 광야와 만 리 허공만 요지부동으로 적막하다. 그 적막한 허공을 배경으로 오직 앞에서 달려가는 말의 검은 덩어리만 어렴풋이 오르락내리락 움직일 뿐이다.

텅 빈 천지 간에 난데없이 홀로 내던져진 느낌.

내 오늘에야 비로소 인생이란 본래 아무것도 의지할 것 없이 다만 하늘을 이고 땅을 밟으며 홀로 떠도는 존재라는 것을 깨달았다. 말을 세우고 사방을 둘러보다가 나도 모르는 사이에 손을 들어 이마에 얹었다.

"아, 참 좋은 울음터로다. 가히 한 번 울 만하도다!"

정진사가 물었다.

"이렇게 천지 간에 큰 안계眼界를 만나서 별안간 울고 싶다니 그게 무슨 말씀이오?"

"그렇지, 그렇지. 아니, 아니. 먼 옛적부터 영웅은 잘 울었으며, 미인은 또한 눈물이 많았다고 하오. 그러나 그들의 울음은 몇 줄 소리 없이 흘려내려 옷깃을 적셨을 뿐이니, 큰 종이나 경쇠가 천지를 진동하는 듯한 그런 울음소리는 아직 듣지 못하였소.

사람이 다만 칠정(기쁨, 성냄, 슬픔, 두려움, 사랑, 미움, 욕심 등 7가지 감정) 중에서 슬플 때만 우는 줄로 알고, 칠정 모두로부터 울

수 있다는 것은 모르는 모양이오. 기쁨이 사무치면 울게 되고, 즐거움이 사무치면 울게 되고, 사랑이 사무치면 울게 되고, 욕심이 사무치면 울게 되는 것이오.

　불평과 억울함을 풀어 버리는 데는 외치거나 울거나 어쨌든 소리보다 더 빠른 것이 없소. 울음이란 따지고 보면 하늘과 땅 사이에서 울려 나오는 우레와 같은 것이오. 지극한 정이 우러나오는 곳에 울음이 저절로 생기는 것이니, 그것이 자연스러운 이치일진대 그 울음이 웃음과 무엇이 다르겠소?

　그런데 살아가면서 보통의 감정으로는 이런 극치의 경험을 하지 못하고, 다만 교묘하게 칠정을 나누어 놓고서 슬픔에다만 울음을 묶어 놓았으니, 상고를 당했을 때 억지로 '에고 에고' '어이 어이' 하는 거짓 울음소리를 쉽게도 흉내내는 것이 아니겠소?

　참된 칠정에서 우러나오는 지극하고도 참된 소리는 참고 억누른 나머지 저 천지 사이에 서리고 엉겨서 감히 나타내기 어려운 것이오. 그러기 때문에 저 가의賈誼(한나라 문인. 문제에게 당시 통곡할 만한 시국을 호소했음)가 일찍이 그 울음터를 찾지 못하고, 마침내 참다못해서 별안간 임금이 있는 쪽을 향하여 길게 울부짖었으니, 이 어찌 듣는 사람들이 놀라고 해괴하게 여기지 않겠소?"

"이제 이 울음터가 저토록 넓으니 나도 마땅히 당신과 함께 한 번 슬피 울어야 할 터인데, 우는 까닭을 칠정 중에서 고른다면 어느 것에 해당될까요?"

"저 갓난아기에게 물어보시오. 그가 처음 날 때 느낀 것이 무슨 정일까? 그는 먼저 해와 달을 보고, 다음에는 부모와 친척들이 앞에 가득하니 기뻐하지 않을 리가 없소. 이러한 기쁨이 늙도록 변함이 없다면 애초에 슬퍼하고 노여워할 필요가 없을 터이니 마땅히 즐겁고 웃어야 할 정만 있어야 할 것이오.

그런데 실상은 도리어 자주 울부짖어야 하고 분노와 한이 가슴에 사무친 듯이 살아가다가 결국은 마침내 죽어야만 하오. 게다가 사는 동안은 모든 근심과 걱정을 골고루 겪어야만 하기 때문에, 그 아기가 태어난 것을 후회하여 저도 모르게 울음보를 터뜨려 스스로의 죽음을 미리 애도하는 것일까요?

갓난아기가 처음 느끼는 정은 결코 그런 것은 아닐 것이오. 그가 어머니의 뱃속에 있을 때는 캄캄하게 사방이 막혀 있어서 갑갑하게 지내다가, 갑자기 넓고 환한 곳에 의지가지없이 홀로 나와 아무것도 걸리는 것 없는 공중에 손발을 휘젓게 되니, 어찌 한 마디 참된 소리를 내어 저절로 외치지 않을 수 있겠소?

그러니 우리도 저 갓난아기의 꾸밈없는 소리를 본받아서 저 비로봉 산마루에 올라가 동해를 바라보면서 한바탕 울 만하고,

황해도 장연의 바닷가 금모래 밭을 거닐면서 또한 울 만하다고 생각하오. 이제 이 요동 벌판으로부터 산해관까지는 일천이백 리. 사방에 한 점의 산도 없이 하늘과 땅 끝이 아득하게 맞붙은 허허막막한 이곳, 아득한 옛적부터 지금까지 오직 비와 구름만 이따금 지나는 이곳이야말로 역시 정녕 한바탕 울 만한 곳이 아니겠소?"

한낮은 몹시 더웠다.

말을 달려 고려총, 아미장을 지나서 우리는 예정한 대로 서로 다른 길을 향하여 헤어져야 했다.

― 渡江錄 七月八日도강록 7월8일